Der kleine Gatsby, Honor Blood, Indianer Joneson und das Rad der Scheiße

und weitere Kurzgeschichten & Gedichte

Von Christian Schwochert

Impressum:

©2023 Christian Schwochert

ISBN Softcover: 978-3-384-07687-8

Druck und Distribution im Auftrag des Autors:
tredition GmbH, Halenreie 40-44, 22359 Hamburg,
Germany

Der kleine Gatsby, Honor Blood, Indianer Joneson und das Rad der Scheiße

Es war ein schöner Freitagmorgen im Januar. In Berlin fuhren die anständigen, aufrechten, ehrlichen Bürger zur Arbeit, während faule, von Politikern hoffierte Verbrecher lieber bis Mittag pennten, dann in die Parks gingen und dort mit Drogen dealten.

Zumindest den „bis Mittag pennen"-Teil machte Murat gerne genauso. Was den Drogenhandel betraf würde er es jedoch begrüßen, wenn die Regierung es wie auf den Philippinen machen täte und auf jeden umgelegten Dealer ein Kopfgeld aussetzen würde. Heute jedoch kam er nicht dazu bis Mittag zu schlafen, denn er war mit seinen Kumpels Julius und diesem leicht verrückten Schriftsteller verabredet. Um 10:00 Uhr wollten sie sich in dem Restaurant „Preußenstelle" treffen. Das Lokal lag in der Nähe einer Klapsmühle, in welcher sein Künstlerkumpel ein paar Monate halbtags gewesen war.

Trotz einer ständig unpünktlichen BVG kam Murat nach einer langen, nervigen Fahrt doch noch um 09:55 Uhr bei dem Lokal an, trat ein und sah seine beiden Kameraden bereits an einem Tisch sitzen. Sie standen kurz auf, begrüßten ihn mit Handschlag und fragten ihn, wie es derzeit so lief? „Na wie soll es schon laufen, wenn man in Absurdistan lebt?", fragte Murat und setzte sich.

„Was ist denn passiert?", fragte Julius.

„Ja, in deiner E-Mail hast du dich eher vage ausgedrückt", erinnerte sich der Schriftsteller.

„Wollte zur Sicherheit nichts per Mail sagen, weil es ja sein kann, dass diese bekloppte Sicherheitsfirma meine

Mails überwacht."

Die Wirtin kam vorbei und fragte Murat was er gerne hätte. „Ein Bier", bestellte Murat, nahm dabei seine Brille ab und putzte diese kurz.

Gespannt warteten seine Freunde was er ihnen nun berichten würde. „Also: Ich hatte mir einen Job bei dieser Sicherheitsfirma besorgt. Vorher war noch diese monatelange Ausbildung, in der ich bescheuerte Gesetze und Paragraphen lernen musste. Aber das nahm ich so hin, in der Hoffnung einen guten Job zu bekommen. Zugegeben, ich bin froh jetzt erstmal wieder arbeitslos zu sein und ausschlafen zu können, aber trotzdem. Es war halt eine Menge Arbeit und das ganz umsonst. Zuerst habe ich mich bei der Firma beworben. Dann haben die mich angenommen und ich hatte schon so ein komisches Gefühl als ich den Vertrag unterschrieb. Eine Art innere Stimme sagte: 'Nein! Tu es nicht!' Aber ich habe unterschrieben und die meinten auch, sie hätten für mich jede Menge Objekte zum Bewachen. Also freute ich mich darauf los zu legen. Aber dann kam wochenlang kein Auftrag von denen."

„Wo liegt das Problem? Ist doch super ein paar Wochen bezahlte Freizeit zu haben", stellte Julius fest.

„An sich richtig, aber das ist der Punkt! Die haben mich ja nicht bezahlt! Ich wäre pro geleistete Arbeitsstunde bezahlt worden, aber die haben mir keine Missionen gegeben", erklärte Murat, während die Wirtin das Bier brachte.

Er trank einen kräftigen Schluck und erzählte weiter: „Also rief ich bei denen an und die vertrösteten mich immer wieder, solange bis ich persönlich vorbei schaute und schlussendlich kündigen musste. Eigentlich bat ich um meine Entlassung, damit es beim Jobcenter keine Probleme gibt. Und die eine Tussi sagte mir auch noch das ginge in Ordnung und sie würden mich feuern; aber nicht einmal das bekamen diese Hurensöhne hin. Ich habe also schlussendlich gekündigt; nachdem ich wochenlang ohne Geld dastand. Man bekommt ja nichts vom Jobcenter, wenn man einen Job hat; logisch. Aber wenn man bei seinem Job kein Geld kriegt, wozu dann der Job?"

„Warst du schon beim Jobcenter?", fragte Julius.

„Logisch. Immerhin, der Typ vom Jobcenter hatte Verständnis, nachdem ich ihm das alles viel ausfürlicher erklärt habe als Euch eben."

„Und was machst du jetzt?", fragte der Autor.

„Erstmal chillen. Aber langfristig muss ich mir schon irgendwas suchen; arbeitslos sein ist alles andere als gesund für den Kopf. Man muss irgendwie produktiv sein. Aber so wie es im heutigen Deutschland aussieht, habe ich eigentlich keinen Bock arbeiten zu gehen und Steuern zu zahlen. Früher war vieles besser; besonders als Deutschland noch die D-Mark hatte", stellte Murat fest.

„So ist es. Vieles war auch nur halb so teuer. Kann auch verstehen, dass du keinen Bock hast dich für diesen Staat abzuackern, während andere faul herumlungern und Scheiße zu bauen", meinte der Künstler.

„So wie du neulich, was?", scherzte Murat.

„Hey, ich baue zwar einigen Mist, aber ich bin ganz gewiss nicht faul. Oder kennst du einen anderen, der sich so sehr für die Wiedereinführung der Monarchie in Deutschland einsetzt wie ich?"

„Na ja, du meintest neulich, der Martin Kohlmann von den 'Freien Sachsen' sei ein noch bekannterer Monarchist als du", erinnerte sich Julius und grinste.

„Mag sein, aber ich denke wir sollten hier nicht abschweifen und uns überlegen was Murat in Zukunft Nützliches machen möchte", meinte der Schriftsteller.
„Interessant wie er das Thema wechselt", zog Murat seinen Kumpel ein wenig auf.
„Aber im Ernst; hast du einen Plan?", fragte Julius.
Da kam die Wirtin und brachte dem Autor sein vorher bestelltes Rindergulasch mit Rotkohl und Kartoffelknödeln. In der anderen Hand hielt sie Nudeln mit Pilzsauce und Hänchengeschnettzeltem. Sie stellte es vor Julius und wünschte beiden einen guten Appetit. An Murat gerichtet fragte sie, ob er auch etwas haben möchte?
„Erstmal nicht. Habe daheim gefrühstückt. Später aber vielleicht noch ein Bier."
Während seine Kumpels reinhauten, artikulierte Murat seine Wünsche für die Zukunft: „Am liebsten wäre ich reich. Steinreich. So reich, dass man Dagobert-Duck-mäßig mein Geld nicht mehr zählen, sondern höchstens noch seine Tiefe messen könnte. Wenn ich ein großes Unternehmen hätte, sowas wie twitter; ja, das wäre schön."
„Ja. Twitter ist übrigens wieder richtig gut geworden. Seit der Elon Musk dort das Sagen hat, herrscht viel mehr Meinungsfreiheit. Auf dem alten twitter wurde ich fast so oft gesperrt wie auf Facebook. Aber jetzt ist es dort klasse. Wir Patrioten sind da voll auf dem Vormarsch; weil der reichste Mann der Welt für Meinungsfreiheit ist", entgegnete der Autor.
„Wenn ich twitter erfunden hätte, wäre ich jetzt auch reich. Reich genug, um mich, ja um uns alle von den negativen Folgen der hiesigen verfehlten Politik freikaufen zu können. Reich genug für eine schicke Villa mit vielen

leichten Mädchen darin. Nur wünschen kann ich mir viel; die Frage ist wie ich da rankomme?", fragte Murat.

„Tja, wenn das Wörtchen 'wenn' nicht wär, wär mein Vater Millionär", erinnerte sich der Autor an ein altes Sprichwort.

„Vielleicht sind wir da mit twitter schon auf der richtigen Spur. Warum versuchst du nicht mit dem Internet Geld zu verdienen?", fragte Julius.

„Mache ich ja schon ein bisschen. Verkaufe ab und an gebrauchte Bücher im Netz, aber das bringt bestenfalls mal ein paar Euro ein."

„Also Murat, vielleicht hätte ich da eine Idee. Warum versuchst du dich nicht als so eine Art youtube-Star? Leute die viel dümmer sind als du haben das geschafft. Leute, die nur Schwachsinn im Netz machen haben das hingekriegt. Warum sollte dir das nicht auch gelingen?", überlegte der Künstler.

„Die Idee ist an sich gar nicht mal verkehrt, nur gibt es Millionen die das versuchen. Ich meine, du hast dich ja selbst mal darüber beklagt, dass es so viele Schriftsteller im heutigen Deutschland gibt, dass es schwer ist aus der Masse herauszustecken. Youtuber dürfte es sogar noch mehr geben, denn einen Roman zu schreiben ist schwierig. Ein Video hingegen ist leicht zu erstellen. Fast so leicht wie Fotos und darin zum Beispiel bist du ja auch recht gut. Wenn ich zum Beispiel daran denke, wie du mich damals mit dem unglaublichen Hulk fotografiert hast", erinnerte sich Murat.

„Stimmt. Ein tolles Bild. Ihr habt es mir ja mal gezeigt; sah super aus. Und diese Hulkfigur in dem DVD-Laden sah täuschend echt aus", fiel Julius ein.

„Er ist schon ein guter Fotograf. Wir waren ja auch

zusammen auf diesem Friedhof und haben etliche Bilder gemacht. Gut, das Fotobuch habe ich nicht gekauft; 28,00 Euro waren mir zu teuer, aber die Fotos sind echt gut geworden. Aber wie gesagt; auf youtube ein Video hochzuladen ist leicht, aber es müsste richtig bekannt werden, und Weitere müssten folgen, damit der Rubel rollt. Außerdem darf es nichts Illegales enthalten, weil es sonst von den Zensoren gesperrt wird. Und dann ist da noch der Punkt, dass ich keinen Bock habe dort unter meinem Klarnamen aktiv zu sein. Ich bräuchte also ein gutes Pseudonym", meinte Murat.

„Da fiele mir eines ein. Habe neulich mit Julius auf DVD 'Der große Gatsby' gesehen und dachte mir: Wenn der Typ kleiner gewesen wäre, hätten ihn die Kugeln nicht erwischt. Nenn dich doch 'Der kleine Gatsby'. Ein solcher Name erregt Aufmerksamkeit", schlug der Autor vor.

„Ja, warum nicht. Und wenn ich ordentlich Kohle verdient habe, werden die dann engagierten Nutten feststellen, dass der Name aus ein bestimmtes Körperteil nicht zutrifft."

„Mann Murat, ich esse hier gerade", wandte Julius ein.

„Ach komm, hab dich nicht so, Julius. Wenigstens hat er dir nichts von diesem Hitlerporno erzählt, über den du ständig lachen musst."

Da war es auch schon passiert und Julius spuckte vor Lachen ein paar der Nudeln aus. „Damit kriege ich ihn fast immer", entgegnete der Schriftsteller.

„Weil es so krank und abartig und absurd ist, dass ich dauernd darüber lachen muss. Wie kann man sich nur so einen Mist ansehen?", fragte Julius und wischte sich den Mund ab.

„Ich konnte ja nicht ahnen, dass es ein Hitlerporno ist, als das Ding damals auf arte lief. Ich wollte nur ein paar schöne, nackte Frauen sehen und dann zeigen die diesen illegalen Einwanderer aus Österreich beim ficken. Im Internet hieß es dann, dass die Filme von diesem Russ Meyer oder Ross Mayer oder ... ach ich weiß nicht mehr genau; also dass diese Filme eigentlich gegen die Nazis gerichtet sind. Mag ja sein, aber so kam das im Film nicht rüber!", rief der Autor aus, woraufhin Julius wieder lachen musste.

„Was denken die sich bloß dabei?", fragte Julius, während auch Murat lachte, wenn auch etwas leiser.

„Keine Ahnung?"

„Aber sag mal? Du sagst doch immer, Österreich gehört auch zu Deutschland. Gehört dann der illegale, kriminelle Einwanderer nicht auch zu Deutschland?", fragte Julius.

„Auf jeden Fall gehört Südtirol zu Deutschland", fiel Murat ein.

„Ja, irgendwie schon. Trotzdem will ich den Kerl nicht in einem Porno sehen. Manchmal frage ich mich ob mein alter Grundschulfreund Naro vielleicht recht hatte, als er sagte die Amerikaner seien keine Menschen...?"

„In welchem Zusammenhang sagte er das?", fragte Murat.

„Das war kurz nachdem ich den Detektiv-Conan-Band gelesen hatte, indem Chris Vineyard alias Vermouth sich am Hafen mit dem FBI und Conan anlegt", antwortete der Autor.

„Ah ja, diese scharfe Blondine. Ich erinnere mich an sie; oder zumindest an Teile von ihr", meinte Murat und nickte grinsend.

„Und wie kam Naro darauf, dass die Amerikaner keine Menschen wären?", wollte Julius wissen.

„Weil die Braut in diesem Kampf so richtig was abbekommen hat und trotzdem entkommen konnte. Aber ich fürchte, wir schweifen vom eigentlichen Thema ab. Wir wollten ja darüber nachdenken was Murat tun könnte, um reich zu werden."

„Richtig. Also 'Der kleine Gatsby' klingt schon einmal wie ein Name mit dem man Aufmerksamkeit bekommen könnte. Nur worüber soll ich Videos machen?"

„Gute Frage", stellte Julius fest und futterte weiter.

„Du könntest in deinen Videos Werbung für meine Bücher machen", schlug der Schriftsteller vor.

„Ja, aber das wäre wie mit der Tür ins Haus fallen. Ich sollte erstmal jede Menge Fans an mich binden, bevor ich Werbung für patriotische Literatur mache. Ansonsten stoße ich die Leute vielleicht vor den Kopf, bevor sie süchtig nach meinen Videos geworden sind."

„Da könnte was dran sein. Stellen wir die Bücher erstmal hinten an. Nur worüber sollte Murat dann Videos machen? Patriotische Demos kämen aus denselben Gründen auch erstmal nicht in Fage; damit punktet er vielleicht im konservativen Lager, aber nicht bei der breiten Masse. Obwohl das patriotische Lager jeden Tag ein bisschen größer wird", stellte der Autor fest und lächelte.

„Schon, aber angenommen die werden alle meine Fans. Sind die dann nicht verärgert, wenn die linke Presse was über meine Nuttenbesuche enthüllt? Zumal die Rotfrontpresse sich bestimmt in mich verbeißt, wenn ich im konservativen Sinne berichte. Ab und an mal ein Buch empfehlen ist eine Sache, aber so richtig für deine Sache Partei ergreifen; könnte Probleme bringen. Nicht das ich Schiss vor den Roten habe; wenn mir einer blöd kommt, kriegt er eine Respektschelle und fliegt glatt zwanzig Meter weit. Nur der darauf folgende Prozess wäre ärgerlich. Und natürlich die 'Enthüllungsberichte' der

Rotfunkpresse."

„Ach Murat, zu einem Prozess kommt es in deinem Fall doch gar nicht. Immerhin hast du einen Einwanderungshintergrund. Da trauen sich viele Linke gar nicht zu klagen, da sie sonst als Rassisten gelten würden. Verdammt, es gibt sogar linke Vergewaltigungsopfer die keine Anzeige erstatten, weil das sonst ihrer Meinung nach Wasser auf den Mühlen der Rechten wäre", erinnerte sich der Autor.

„Wie dumm kann man sein? Aber trotzdem; du erzählst mir doch ab und an von diesem Autor, diesem Akif ... irgendwas."

„Akif Pirincci."

„Genau. Wird der denn von den Linken nicht verklagt?"

„Doch, auch gegen den wurde von der Gegenseite schon so manches Mal Anzeige erstattet", meinte der Künstler.

„Na siehst du. Auf das Theater habe ich keinen Bock. Ab und an ein paar deiner Bücher empfehlen, okay. Aber so richtig über das patriotische Lager berichten und das ständig. Nein, lieber etwas eher unpolitisches. Zumal Konservative wie gesagt Nuttenbesuche nicht mögen."

„Also ich meine mich zu erinnern, dass Pirincci auch mal über seinen ersten Bordellbesuch geschrieben hat und das im patriotischen Lager niemanden störte. Kann mich aber auch irren", überlegte der Schriftsteller.

„Dann also etwas Unpolitisches. Nur was?", fragte Julius.

„Genau, zumal viele unpolitische Dinge auch total langweilig sind", meinte der Künstler.

„Wir könnten etwas über eine Schatzsuche bringen. Ich meine, seit über 20 Jahren läuft die Serie 'One Piece' und die ist super beliebt, auch wenn sie sich etwas in die Länge zieht", fiel dem Autor ein.

„Leider sind Schatzsuchen im Allgemeinen nicht so spannend wie 'Auf der Jagd nach dem grünen Diamanten', 'Auf der Jagd nach dem Juwel vom Nil' oder 'Das Vermächtnis der Tempelritter'", stellte Julius nüchtern fest. „Ich bin ja schon froh, wenn in einem dieser amerikanischen Filme keine strohdummen Klischeedeutschen oder böse Nazis vorkommen. Das ist immer so zum Kotzen. Typisch Hollywood. Machen einen auf antirassistisch, aber bedienen gleichzeitig diese Klischees über das deutsche Volk. Ekelhaft", murrte der Schriftsteller.

„Das sind halt Linke. Die dürfen das. Die dürfen alles", brummte Julius und fügte nach dem letzten Bissen seines vorzeitigen Mittagessens hinzu: „Bin ja schon froh über 'Operation Walküre: Das Stauffenberg-Attentat'. Gut, ich habe da gemischte Gefühle. Einerseits bin ich traurig weil Stauffenberg erschossen wurde, andererseits freut es mich, dass Tom Cruse umgelegt wird. Kann den Kerl und diese Sekte in der er war nicht ausstehen. Aber für den Stauffenberg-Film muss man ihn dann doch ... l-... l-..."

„Loben", vollendete der Autor das Wort.

„Ja. Siehst du wie schwer das ist?!"

Der Schriftsteller verschlang ebenfalls den letzten Bissen seines Essens und schaute wehmütig auf das leere Glas neben sich. Zu Beginn war es voller Fanta gewesen.

„Hätten Sie gerne noch eine Fanta?", fragte die Wirtin, als sie gerade wieder am Tisch vorbeikam.

„Sehr gerne."

„Also können wir festhalten das Hollywood nicht nur Mist produziert. Der Stauffenberg-Film war gut", stellte Murat fest.

„Die Klischees gibt es trotzdem noch", meckerte der

Autor.

„Sind eben linke, westliche Oberschichtler. Die hacken im Grunde auf allen Völkern und Nationen herum, weil sie beides abschaffen wollen. Deswegen brachte das öffentlich-rechtliche, GEZ-finanzierte Fernsehen neulich eine Doku über den ehrenwerten Mustafa Kemal Atatürk und hackte darin andauernd auf ihm herum. So als ob diese Nullen jemals etwas geleistet hätten!"

„Auf Otto von Bismarck hacken sie genauso herum", stellte der Künstler fest.

„Diese Lumpen dürften Bismarck und Atatürk nicht einmal die Stiefel putzen!", rief Murat aus.

„Dann sollten wir einfach bessere Filme drehen. Auf youtube gibt es eine sehr gute, positive Doku über Atatürk und auch gute Filme über Bismarck", entgegnete Julius.

„Filme drehen. Gar keine schlechte Idee. Nur bräuchten wir dafür Schauspieler, ein Drehbuch und vieles mehr", meinte Murat.

„Stimmt, wir müssten eine Menge Geld investieren. Geld, das wir nicht haben", resignierte Julius, während die Wirtin dem Autor seine neue Fanta brachte.

„Nicht unbedingt. Immerhin wurde zum Beispiel der sehr gute Film 'Victoria' hier in Deutschland gedreht und das hat meines Wissens kaum etwas gekostet", fiel dem Autor ein.

„Trotzdem. Wir müssten den Film, der uns erstmal ja Geld kostet, bewerben, Schauspieler bezahlen, an Wettbewerben teilnehmen; kurz gesagt: wir müssten eine Menge Geld haben um mit dem Film Geld zu verdienen", schätzte Murat.

„Es sei denn das Video wird von selbst richtig bekannt", wandte der Autor ein.

„Was aber höchst unwahrscheinlich ist", fügte Julius hinzu.

„Um richtig bekannt zu werden müssten die Mainstreammedien Werbung für ein solches Video machen. Im Idealfall gratis", fand Murat.

„Richtig. Gratis wäre am besten."

„Nein. Die Reinfolge ist folgendermaßen: Geld dafür ausgeben ist scheiße, gratis ist's gut, aber geklaut ist's am besten", meinte Murat und lächelte.

„Nur wie soll man Werbung von den etablierten Medien klauen?", fragte der Autor.

„Glaube kaum, dass das geht. Man müsste die Medien eher dazu bringen, über das Video zu berichten. Jedoch könnten wir die bestenfalls anschreiben und auf das Video hinweisen. Wobei wir ein solches Video, meinetwegen bleiben wir ruhig bei der Dokumentationsidee, erstmal haben müssen. Und berichten würden sie nur darüber, wenn es wirklich interessant ist. Nur wie stößt man auf etwas Interessantes, berichtet darüber und sorgt dann dafür, dass die Medien darüber berichten? Zumal die Medien ja auch andere Berichte über interessante Ereignisse vorgeschlagen bekommen", analysierte Julius.

„Verzeihung, aber ich habe zufällig einen Teil von dem mit gehört was Ihnen auf der Seele brennt. Hauptsächlich deshalb weil ich ein wenig gelauscht habe", meldete sich die Wirtin zu Wort.

„Haben Sie eventuell eine Idee, die uns weiterhelfen könnte?", fragte Murat.

„Ich nicht, aber auf meinem schwarzen Brett hängt seit zwei Tagen ein Zettel, der Ihr Interesse wert sein dürfte. Es ist der, der ein wenig an altägyptisches Papyrus erinnert."

Julius, Murat und der Autor standen auf, gingen zum schwarzen Brett und schauten sich den Zettel an. „Sieht echt ein wenig wie Papyrus aus. Ist aber keins", stellte Julius fest, als er ihn anfasste.

„Hm. Diesem Aushang zufolge sucht ein Professor der Humboldt-Uni nach einem Amateurfilmteam, welches ihn auf eine Reise nach Griechenland begleitet. Die Leute sollen seine Arbeit dokumentieren und darüber im Netz berichten. Die Reisekosten übernimmt der Professor. Ein Mann namens Kurt Berger. Komisch. Warum will der ausgerechnet Amateurfilmer?", fragte Murat.

„Vielleicht kann er sich keine Profis leisten", mutmaßte der Autor.

„Würde mich nicht wundern. Für Gender-Studien ist immer Kohle da, aber für eine ordentliche Forschungsreise nach Griechenland, die Wiege der abendländischen Zivilisation, nicht", bemerkte Julius angewidert.

„Was auch immer die Grüne sein mögen; es kann uns diesmal nur recht sein", fand Murat, zückte sein Handy und fotografierte den Zettel ab.

„Ich schlage vor, wir melden uns sofort bei dem Professor, bevor uns jemand diese Mission wegschnappt. Auch weil dem Blatt zufolge für uns alles gratis ist", meinte Murat.

„Stimmt. Für die Verpflegung kommt der Herr Professor Berger auch auf.", entgegnete Julius, während er den Zettel noch einmal genau durchlas und darauf achtete, dass sich nichts Kleingedrucktes darauf befand.

Dem Autor fiel das auf und er sagte: „Da wird bestimmt nichts Kleingedrucktes sein. Wenn schon, dann eher auf unseren Verträgen. Gewiss werden wir bei dem Mann Verträge unterzeichnen müssen, wenn wir für ihn arbeiten."

„Was meint Ihr? Wollen wir zu dritt nach Griechenland reisen und bei dieser Mission mitmachen?", fragte Murat. „Auf jeden Fall solltest du jetzt gleich den Professor anrufen und uns bei ihm für ein Vorgespräch anmelden. Sag ihm, wir können noch heute an der Uni vorbeikommen", meinte der Autor und Julius nickte zustimmend.

Während Murat telefonierte, sagte der Autor zu Julius: „Bezahlt werden wir dem Zettel zufolge für die Reise nicht, aber immerhin sind Reise, Verpflegung und Unterbringung umsonst. Und das ist schon etwas. Zudem könnte das der erhoffte Durchbruch für Murats youtub-Karriere als 'Der kleine Gatsby' sein."

„Hoffen wir, dass es klappt."

„Das klappt ganz bestimmt. Immerhin ist die Idee von mir", meinte der Autor.

„Ja, weil deine Ideen immer so gut funktionieren", entgegnete Julius sakastisch.

„Hey, immerhin basiert die Idee auf einem Film, den du mir gezeigt hast. Nur etwas habe ich bei dem Film nicht verstanden."

„Was denn?"

„Der Typ, dieser Gatsby ... der ist doch steinreich?", fragte der Autor, obwohl er die Antwort kannte.

„Ja. Und?"

„Na warum schnappt er sich die Braut auf die er steht nicht einfach?"

„Weil sie ihn nicht haben will."

„Schon, aber er ist doch reich."

„Ich denke mal, die Botschaft ist, dass man sich auch mit viel Geld nicht alles kaufen kann", entgegnete Julius.

„Also bitte. Der Typ war so reich; er hätte sich doch wohl

locker einen schalldichten Keller, etwas Betäubungsmittel und ein paar Söldner für eine kleine Entführung leisten können."

„Er war eben ein guter Mensch. Würdest du sowas denn gut finden?"

„Natürlich nicht, aber du weißt doch vom alten Al Bundy, dass reiche Leute alles mit einem machen dürfen und meistens bekommen was sie wollen. Ich möchte damit keineswegs sagen, dass alle Reichen böse Menschen sind; aber viele können es sein, ohne dass es in dieser Welt negative Folgen für sie hat. Und wie wir in Eastwoods Film 'Absolute Power' gelernt haben, ist der einzige Weg es mit einem reichen und mächtigen Feind aufzunehmen, einen noch reicheren, mächtigeren Typen auf seine Seite zu ziehen. Ich meine, wer hat denn in der Realität dafür gesorgt, dass wir jetzt wieder mehr Redefreiheit auf twitter haben? Der reichste Mann der Welt, über den andere reiche, mächtige, uns feindlich Gesonnene nicht so leicht rüberkommen."

Julius nickte.

Murat legte auf. „So. Habe mit dem Professor gesprochen. Wir treffen ihn um 15:00 Uhr in seinem Büro bei der Uni", verkündete er.

„Super", sagten Julius und der Autor gleichzeitig.

Dann zeigte Julius rasch auf den Autor und sprach: „Verhext. Du schuldest mir eine Cola."

„Frau Wirtin! Wir haben vielleicht bald eine Mission. Spielen Sie zur Feier des Tages ein bisschen Musik!", rief Murat.

Die freundliche Wirtin ging an ihren Laptop und rief ein Lied auf, welches das Gerät sogleich abspielte. Sie nahm „Gott, Kaiser, Vaterland" von Georg von Hülfen:

„Nun deutsche Schmiede hämmert
stahlhart das deutsche Herz
Der blut´ge Morgen dämmert
rings starrt die Welt in Erz
Reicht Brüder euch die Hand
'Gott, Kaiser, Vaterland!'

Aus den zerfetzten Fahnen
raunt es wie Geistesspruch
Der Segen unsrer Ahnen
rauscht um das Bannertuch
uns eint ein heilig Band
'Gott, Kaiser, Vaterland!'

Laßt euch die Wege weisen
zur Weichsel und zum Rhein
Und eure Hand sei Eisen
und euer Herz sei Stein
Die Feinde überrannt
'Gott, Kaiser, Vaterland!'

Brecht durch nach allen Seiten
gleich wie ein brandend Meer
die großen Toten schreiten
im Sturmwind vor Euch her
Nun lod´re. Weltenbrand
'Gott, Kaiser, Vaterland!'

*

Im selben Berlin, nur einen halben Bezirk weiter saßen gerade die Vampirdamen Honor Blood und Luise König nebeneinander am Laptop und suchten nach einem Job für die blonde Vampirin. Luise strich sich das braune Haar aus dem Gesicht und meinte vorwurfsvoll zu ihrer Mitbewohnerin und besten Freundin: „Ach, Honor. Warum musstest du dich auch schon wieder feuern lassen?"

„Die Penner haben mich provoziert. Sie wollten das ich 'Twilight'-Bücher verkaufe. Und mir gefällt ganz und gar nicht, wie Vampire in diesen Machwerken rüberkommen. Die Verfilmungen sind sogar noch schlimmer. Der eine Vampir leuchtet im direkten Sonnenlicht, was dann aber bei der Hochzeit von ihm und seiner Genossin keine Rolle mehr spielt. Im Übrigen soll diese Buchreihe für Jugendliche sein und zeigt ihnen total ungesunde Beziehungen als Vorbilder. Er stalkt sie, sie versucht im Grunde sich umzubringen, nur um ihm nahe zu sein, er will Selbstmord begehen. Und dieser Schund verkauft sich dann millionenfach, während gleichzeitig die coolen Vampirbücher von Mary Janice Davidson nicht mehr ins Deutsche übersetzt werden. Es ist eine Schande! Und darüber wie der Werwolf auf das kleine Baby ... 'geprägt' ist glaube ich das dort verwendete Wort ... wurde, habe ich noch gar nicht geredet. Sind dieser Moviepilot im Netz und ich die einzigen, denen aufgefallen ist wie abartig das ist? Ich frage mich, welche Partei Werwolf Jacob wohl wählen würde, wenn er in Deutschland leben täte? Auf jeden Fall sind die Bücher das Letzte; die verhalten sich null wie echte Vampire und der eine Kerl jammert dauernd herum wieso er dieses Mädchen nicht beißen will. 'Kerl' ist für den wohl auch das falsche Wort. Und die finale

Schlacht fällt einfach aus; diese Buchreihe ist ein Witz. Und dann der Erzfeind von dem Pärchen! Batman hatte den Joker und Bane, während der Erzfeind dieses Pseudovampirs die Angst ist, er könnte sein Mädchen beim bumsen aus Versehen killen. Die Buchreihe ist das Letzte; ich wünschte Buffy und Blade kämen darin vor und würden alle umlegen!"

„Trotzdem hättest du die Bücher nicht gleich mitten in der Buchhandlung verbrennen sollen. Zum Glück war es nur ein schlecht bezahltes Praktikum und du hattest es unter falschem Namen angetreten. Hast wohl schon geahnt, dass du wieder gefeuert wirst. Mädel, du wirst öfter entlassen als Donald Duck. Was war eigentlich der längste Job den du je hattest?", fragte Luise.

„Habe ich dir doch erzählt. Der, als ich während des amerikanischen Bürgerkrieges für General Lee Yankees abgeschlachtet habe. Aber deine Kritik ist nicht ganz unberechtigt. Ich sollte mir einen Job suchen, bei dem ich nicht gleich wieder gefeuert werde. Das Problem ist nur, dass ich vorher nicht wissen kann wie es läuft und ob ich rausfliege oder nicht."

„Vielleicht ja doch", murmelte Luise.

„Wie meinst du das?"

„Na ja, ich habe da im Netz von einer Legende gehört. Da soll es nahe dem Treptower Park ein leerstehendes Haus geben, in dem eine Frau ermordet wurde. Ihre Knochen sollen überall im Haus verteilt sein und wer sie alle einsammelt und im Wohnzimmer ablegt, dem erscheint ihr Geist. Dieser Geist beantwortet einem dann eine Frage; egal welche. Vielleicht auch, welchen Job du antreten kannst, ohne gleich wieder gefeuert zu werden."

„Wo hast du denn diese Geschichte gehört?", fragte

Honor.

„Von einem Ghul, der im selben Krankenhaus arbeitet wie ich. Netter Kerl; er kümmert sich um den Transport der Leichen, während ich für die Blutkonserven zuständig bin."

„War ja klar. Meinst du, an seiner Geschichte ist was dran?"

„Keine Ahnung. Aber wir können es doch probieren. Immerhin sind wir zwei Vampire; wir sollten die Knochen also leicht am Geruch erkennen und finden können", meinte Luise.

„Dann könnten wir den Geist aber auch gleich nach den nächsten Lottozahlen fragen, oder?"

„Honor, du gehst doch nicht wegen dem Geld arbeiten, sondern damit du etwas Sinnvolles zu tun hast. Außerdem, wenn wir im Lotto gewinnen, werden die Medien vielleicht auf uns aufmerksam. Wollen wir das?"

„Warum nicht? Journalisten habe ich zum fressen gern", entgegnete die blonde Vampirin.

„Nee, lass mal. Besser wir fragen den Geist nur nach einem passenden Job für dich. Zumal uns dieser alte Mann, der uns schon ein paar Mal für Missionen engagiert hat, schon lange nicht mehr dazugeholt hat."

„Meinst du, es ist alles in Ordnung mit ihm?"

„Habe neulich im Netz nachgesehen. Geht ihm gut. Er ist mit seinem Neffen und seinen Großneffen unterwegs."

„Gut für ihn; Zeit mit der Familie ist enorm wichtig", meinte Honor.

„Also schön. Dann ist es beschlossene Sache. Wir gehen zu dem Geisterhaus", entschied Luise und klappte ihren Laptop zu.

Die Jobsuche im Internet war beendet. Nun würden die

Damen eine andere Möglichkeit ausschöpfen.

Da Luise inzwischen ein eigenes Auto besaß war die Fahrt zum Geisterhaus nicht sonderlich schwer. Unterwegs überholten sie mehrere Bushaltestellen, an denen verzweifelte Fahrgäste warteten und sich fragten warum sie für etwas Geld ausgaben, was sie aufregte und ständig zu spät kam?
Nahe des Hauses parkte Luise ihren Wagen und die beiden Vampirinnen stiegen aus. Sie schauten sich kurz um, ob sie auch niemand beobachtete und gingen dann zum leerstehenden Gebäude hinüber. Die Eingangstür klemmte zwar etwas, aber Honor bekam sie problemlos auf. Hinter der Tür lag bereits der erste Knochen. Es war ein großer Zehenknochen. Honor hob ihn auf und steckte ihn erstmal in die Tasche. Dann suchten sie kurz das Wohnzimmer und fanden es in Form des einzigen Raumes, in dem ein Teppisch lag und ein Sessel stand. Honor legte den gefundenen Knochen auf den Boden und machte sich mit Luise auf die Suche nach den Übrigen. Da sie als Vampire schneller und stärker als normale Menschen waren, dauerte es nicht sonderlich lange. Zu Letzt fanden sie den Schädel. Honor brachte ihn ins Wohnzimmer und legte ihn zu den anderen. „So. Fertig."
„Ja, ging ziemlich geschwind", stellte Luise fest.
Honor schaute sich um, aber es war kein Geist zu sehen. Sie schaute sich weiter um und tippte dabei genervt mit dem rechten Fuß auf den Boden. „Und wo bleibt nun der Geist?"
„Komisch, das mit den Knochen hat doch gestimmt. Warum sollte das mit dem Geist falsch sein?", wunderte sich Luise.

„Vielleicht ist das eine Falle. Eventuell hat der Ghul hier die Knochen eines seiner Opfer versteckt und will uns nun als Täter hinstellen."

„Unsinn. Wenn wir geschnappt werden, fliegen wir doch als Vampire auf und dann wäre er, der mir ja den Tipp mit dem Haus gegeben hat, ja auch in Gefahr, weil wir gegen ihn aussagen würden", wandte Luise ein.

„Es ist keine Falle", sagte plötzlich eine schaurige Stimme.

Honor und Luise sahen sich um, konnten aber niemanden sehen. Da materlisierte sich der Geist einer Frau im Wohnzimmersessel. „Ihr habt meine Knochen zusammengesammelt. Dafür beantworte ich euch eine Frage. Egal welche?"

„Hat jede von uns eine Frage frei?", fragte Luise.

„Nein", antwortete die Geisterfrau.

Daraufhin verschwand sie wieder und die Knochen verteilten sich erneut im Haus. „Mist", sagte Luise und stampfte mit dem Fuß auf.

„Komm. Suchen wir sie nochmal. Dauert bei uns ja nicht so lange."

„Immerhin wissen wir nun, dass der Geist echt ist", tröstete sich Luise.

Beim zweiten Mal verkniff sich Luise weitere Vorfragen und kam direkt zur Sache: „Bei wem kann meine Freundin Honor Blood zu arbeiten anfangen, ohne dass sie gefeuert wird?"

„Bei Professor Kurt Berger von der Humbolt-Universität in Berlin", antwortete der Geist und verschwand erneut. Wieder verteilten sich die Knochen von selbst im Haus.

Luise holte ihr Handy heraus und überprüfte Kurt Berger. „Offenbar ein Forscher hier aus Berlin, der Leute für eine

Mission sucht. Er hat im Netz ein paar Anzeigen geschaltet; ein Amateurfilmteam sucht er mit der einen Anzeige und einen Leibwächter mit der anderen. Der Wächter soll ihn und das Team auf einer Forschungsreise nach Griechenland begleiten. Essen und Unterkunft werden vom Professor bezahlt."

„Und das Gehalt?"

„Gibt es offenbar nicht, aber du willst ja sowieso nur eine sinnvolle Beschäftigung haben. Der Job ist auch nichts Dauerhaftes, aber besser als gar nichts."

„Stimmt Luise. Gerade wenn man unsterblich ist, sollte man etwas Nützliches zu tun haben. Soll ja in Amerika einige Schwachmatenvampire geben, die immer wieder zur Schule gehen oder studieren und dafür auch noch Geld bezahlen. Und das ständig; diese Idioten haben sogar die zu den Abschlussfeierroben passenden Mützen aufgehoben und an die Wand gehängt."

„Habe ich dich damals nicht auch auf einer Schule kennengelernt?"

„Schon, aber ich habe dort doch nicht wirklich etwas gelernt. Und für eine Schule bezahlt man kein Geld; gut für Schulbücher eigentlich schon, aber die habe ich immer meinen Opfern geklaut. Eigentlich wollte ich nur in den Debattierclub und das schicke Cheerleaderkostüm haben", entgegnete Honor.

„Egal. Also was hälst du von der Griechenlandidee?", fragte Luise.

„Ich denke, ich melde mich gleich mal bei dem Professor. Magst du auch mitkommen?"

„Diesmal leider nicht. Ich habe schon zu oft Urlaub genommen oder mich 'krank' gemeldet. Muss ein wenig warten, bis ich wieder die Arbeit im Krankenhaus schwänze. Dabei fällt mir ein, dass ich bald dorthin los muss. Aber ich denke, ich schaffe es noch dich vorher an der Uni abzusetzen. Unsere ehemalige Mitbewohnerin Kassandra hatte dort ja auch mal sehr viel zu tun. Aber jetzt ruf erstmal den Professor an, während wir langsam zum Auto gehen."

Sie verließen das Geisterhaus und Honor telefonierte mit dem Forscher. Man merkte dem Mann an der Stimme an, dass sie die erste war, die sich auf seine Anzeige meldete. Er lud sie für heute Nachmittag an die Uni ein. Honor sagte zu.

*

Währenddessen saß auf der anderen Seite des Ozeans der ehemalige Universitätsprofessor Dr. Harris Joneson in seiner Buchhandlung und bediente freundlich einen Kunden. Zwar war Joneson bereits Anfang 80, aber er gehörte noch lange nicht zum alten Eisen. Jeden Morgen machte er Liegestützen und Sit-ups, um sich fit zu halten. Gleich im Anschluss nahm er ein nahhaftes Frühstück zu sich, welches seine Frau Maren ihm zubereitete. Joneson war relativ glücklich; lediglich über die Jugend von heute ärgerte er sich manchmal. Sein und Marens Sohn studierte an einer Eliteuniversität, wo ihm lauter woke Weltbürgerflausen in den Kopf gesetzt wurden und wofür Harris auch noch bezahlen durfte. Daran zu denken war unangenehm, aber Harris dachte bei sich, der Junge wird schon noch zur Vernunft kommen, wenn er außerhalb der Uni auf dem realen Arbeitsmarkt bestehen muss. Joneson schluckte etwas verärgert, als sein Kunde weg war und er daran dachte, dass der Sohnemann sein erstes Studium in den Sand gesetzt hatte. „Diese jungen Leute von heute", murmelte er vor sich hin, als er allein in seinem Buchladen war.

Es war nun schon fast ein Jahr her, dass ihn die Uni gefeuert hatte. Damals hatte sich diese Studentin namens Gretel Thunfisch vor seinem Büro festgeklebt und gegen irgendeinen belanglosen Unfug demonstriert, auf den Harris sowieso keinen Einfluss hatte. Entnervt hatte er sie vom Boden losgerissen und das war ihm negativ ausgelegt worden. Eine Anzeige gab es keine, da die Uni einen Medienskandal vermeiden wollte. Aber man hatte ihn entlassen und so musste er sich neuen Dingen widmen. Als erstes war er mit seiner Liebsten in den Urlaub nach Italien gereist; er freute sich schon darauf irgendwann mal wieder mit ihr die alte Welt zu besuchen. Da er sich gut mit Geschichte und Literatur auskannte, machte er nach der Rückkehr aus Rom eine Buchhandlung auf und verkaufte alles vom Sachbuch bis zum Roman. Der Schwerpunkt seines Ladens lag jedoch auf Geschichte und Archäologie. Dank seiner Fachkompetenz verdiente er mit der Buchhandlung so viel, dass er mit seiner Frau sogar recht bald einen weiteren Urlaub machen konnte. Diesmal blieben sie jedoch in Amerika und verreisten nach Florida. Nachdem Joneson einen weiteren Kunden bedient hatte, klingelte das Telefon. Am anderen Ende der Leitung war seine Frau. „Zu Hause wartet eine Überraschung auf dich", verkündete sie fröhlich.

„Schatz, wenn du mich anrufst, ist es doch keine Überraschung mehr", bemerkte er und freute sich schon darauf bald wieder bei seiner Liebsten daheim zu sein.

„Ich rufe ja auch vor allem deshalb an, weil ich möchte, dass du nachher einen Marmorkuchen mitbringst", flötete Maren ins Telefon.

„In Ordnung. Mache ich."

Seine Frau legte auf und er schaute sich wieder in seiner Buchhandlung um. „Viel besser als diese nervige Uni mit den überheblichen Studenten. Wenn sie wenigstens Medizin studieren würden oder etwas anderes Nützliches. Aber nein, sie laufen irgendwelchen Pseudowissenschaften hinterher und die wenigen die sich damals in meine Vorträge verirrten wussten weder meine Erkenntnisse über die Bundeslade noch über den heiligen Gral zu würdigen", meinte Joneson, während er dem Eingangsbereich den Rücken zudrehte.

„Na ja, viel gibt es da auch nicht zu lernen. Die Bundeslade ist bei den koptischen Christen in Ägypten und der heilige Gral im Vatikan", stellte hinter ihm ein Kunde fest.

„Das glauben Sie vielleicht, aber wenn Sie das schon zu wissen meinen, sind Sie gewiss nicht wegen dieser beiden Objekte hier? Was kann ich für Sie tun?"

„Ich kam zufällig vorbei; bin in einer halben Stunde in einem nahegelegenen Restaurant verabredet und etwas früh dran. Aber es gibt tatsächlich ein Buch nach dem ich schon lange suche. Vielleicht haben Sie es ja; es ist neu nicht mehr erhältlich."

„Wie lautet der Titel?"

„'Sie waren die Ersten' von Jean Raspail. Es geht um die Feuerlandindianer."

„Sachbuch oder Roman?"

„Roman."

Harris schaute nach. „Sie haben großes Glück",

verkündete er und reichte dem Kunden das Buch.
„Wie viel?"
„Fünf Mäuse."
Der Kunde reichte ihm das Geld und ging zufrieden mit
dem Buch von dannen.

Nach einem produktiven Arbeitstag fuhr Joneson mit
seinem Wagen nach Hause. Den Kuchen hatte er sich
während einer kurzen Mittagspause im Laden nebenan
geholt und dafür das „Bin-in-fünf-Minuten-zurück"-Schild
in die Tür gehängt. Joneson war stolz auf seinen Wagen.
Zu Recht. Denn es war ein schöner Oldtimer, den er sich
locker leisten konnte. Warum sollte jemand der für
verschiedene Regierungen mehrfach die Kastanien aus
dem Feuer geholt hatte, auch kein Geld für ein Auto haben
und auf öffentliche Verkehrsmittel angewiesen sein?
Wieder daheim schloss er die Tür auf und Maren empfing
ihn fröhlich im Flur. Er küsste sie zur Begrüßung und sie
verkündete: „Du errätst nie wer zu Besuch gekommen ist."
„Ich bin es!", rief eine Stimme und reckte den
kurzhaarigen Kopf aus der Küche.
Es war seine nervige Patentochter Phoebe Saw. Joneson
ärgerte sich; dabei hatte der Tag so gut angefangen.
Trotzdem nahm er Phoebe kurz zur Begrüßung in den
Arm.
Zu dritt setzten sie sich in die Küche und Fräulein Joneson
servierte ihrem Mann und ihrer Patentochter den
Marmorkuchen zusammen mit Kaffee und Milch. „Lieb
das du uns wieder einmal besuchen kommst", meinte die
gute Maren.
„Hast du mal wieder Ärger am Hals? Warst du wieder mit
einem Mann zusammen, der nicht gut für dich ist?", fragte

Dr. Joneson direkt heraus.

„Äh ... das ist ja wohl meine Sache. Ich bin zwar erst Anfang zwanzig, weiß aber schon ganz genau was ich tue. Wir werden heutzutage viel früher erwachsen als zu deiner Zeit, Onkel Harris. Mag ja sein, dass es damals sinnvoll war dass die Leute erst ab 25 wählen durften, aber wenn heute in vielen Staaten diskutiert wird, ob man das Wahlalter nicht auf 14 senken soll, dann hat das durchaus seine Berechtigung", fand Phoebe.

„Humbug. Zunächst einmal frage ich mich für wie alt du mich hälst, wenn du glaubst in meiner Jugend hätte man erst mit 25 wählen dürfen und zweitens gibt es nur einen Staat auf der Welt, in dem ernsthaft so ein Blödsinn wie die Absenkung des Wahlalters auf 14 diskutiert wird. Und in diesem Staat wird das nur deshalb in Betracht gezogen, weil den dortigen Parteien die Wähler in Heerscharen davonlaufen und sie auf eine indoktrinierte Jugend hoffen. Eine trügerische Hoffnung, denn auch die jungen Leute bekommen irgendwann die Fehler unfähiger Politiker zu spüren.

„Was für Fehler? Die Herren der westlichen Welt machen doch alles richtig. Aber wie solltest du das wissen? Du bist fast den ganzen Tag in deiner Buchhandlung. Es wird Zeit, dass du mal wieder richtig aktiv draußen bist und deswegen bin ich hier, denn ich weiß was dir gut tun wird", entgegbete Phoebe, während Fräulein Joneson begann sich ein wenig um die Stimmung ihres geliebten Ehemanns zu sorgen.

Er schien ihr alles andere als begeistert über den Besuch der Tochter seines verstorbenen Kollegen Sherlock zu sein. „Kindchen, ich lebe jetzt an die 60 Jahre länger auf dieser Welt. Ich habe Dinge gesehen, die du dir nicht einmal vorstellen kannst. Und jetzt meinst du zu wissen was gut für mich ist?"

„Aber klar. Du brauchst wieder mal ein Abenteuer", fand sie.

„Weißt du, was das Tolle an meinen früheren Abenteuern war? Jedes Mal konnte ich in einen Staat zurückkehren, der am Wohle seines eigenen Volkes interessiert war. Ich hatte sicheres Hinterland; einen stets vorhandenen Rückzugsort. Wenn ich heute irgendwo hin aufbreche, kommt bei jedem meiner Funde sofort die Regierung angeschissen mit ihren Regeln, Verordnungen und all dem anderen überflüssigen Unsinn, der Abenteurern und Schatzsuchern im Wege steht. Das war früher nicht so."

„Und was wäre wenn ich dir verkünde, dass die hiesige Regierung dir bei deinem neuen Abenteuer nicht im Weg steht? Im Gegenteil!", rief Phoebe aus.

„Wie meinst du das?"

„Sagen wir so, ein sehr mächtiger Geheimdienst möchte, dass ich eine antike Waffe ausfindig mache. Dafür stehen mir unbegrenzte Mittel zur Verfügung und ich darf jemanden mitnehmen, der mir hilft. Und weil ich meinem alten Herren auf seinem Sterbebett versprochen habe auf dich ein wenig aufzupassen, möchte ich dir den Gefallen tun und dich mitnehmen. Damit du mal rauskommst und nicht nur von Büchern umgeben bist.

„Liebe Phoebe, erstens bin ich nicht nur von Büchern umgeben. Daheim habe ich eine Frau die mich liebt und letzten Monat waren wir im Urlaub in Florida. Zweitens hast nicht du deinem Vater etwas auf seinem Sterbebett versprochen, sondern ich. Ich habe versprochen auf dich Acht zu geben und das habe ich so gut es ging getan. Leider hinderten dich meine mahnenden Worte nicht daran vielen Männern das gratis zu geben, wofür andere Frauen wenigstens Geld nehmen. Aber immerhin lebst du noch. Du wärst beinahe draufgegangen, als du ohne jedes Training an einem Kampfsportturnier teilgenommen hast."

„Das war doch wohl meine Entscheidung, oder?"

„Ja, ebenso wie dein Versuch Krokodile zu trainieren. Die Biester hätten dich beinahe gefressen, wenn ich sie nicht erschossen hätte."

„Die armen Tiere. Das war so gemein von dir", klagte Phoebe.

„Sie gaben immerhin eine schöne Handtasche für Maren und ein schönes Paar Stiefel für mich ab."

„Schäm dich", schimpfte Phoebe.

„Oder wie war das vor drei Monaten? Du weißt schon, als du in Boston Fassadenkletterin werden wolltest und dich die Feuerwehr aus dem ersten Stock retten musste."

„Ich konnte ja nicht ahnen, dass das Gebäude so schwierig zu besteigen ist", maulte Phoebe.

„Die ganzen Kerle hast du problemloser bestiegen."

„Meine Entscheidung. Mein Körper gehört mir."

„Irgendwann gehört er vielleicht nicht mehr dir allein. Und dann wäre es gut, wenn du einen ordentlichen Mann an deiner Seite hast. Die Welt ist nun einmal folgendermaßen: Ein Schlüssel der in jedes Schloss passt ist eine super Sache. Aber ein Schloss in das jeder Schlüssel passt, dass will irgendwann keiner mehr haben", stellte Joneson fest.

„Das ist so gemein", meckerte Phoebe und verschränkte verärgert die Arme vor der Brust.

„Die Welt ist wie sie ist, Kindchen. Und worauf hast du dich nun wieder eingelassen?"

„Ich habe von einem Geheimdienst den Auftrag bekommen in Griechenland eine antike Waffe zu suchen und unseren US-Behörden zu übergeben."

„Von welchem Geheimdienst?", fragte Joneson skeptisch.

„Von einem von denen mit den drei Buchstaben", lautete die in Phoebes Augen total erhellende Antwort.

„Toll. Das schränkt die Möglichkeiten ja enorm ein. Weißt du, wie viele Geheimdienste unsere Politiker benutzen, um dort unsere Steuergelder 'anzulegen'?! Welche Waffe sollst du denen denn beschaffen?"

„Hier", sagte Phoebe und holte mehrere Kopien von alten Schriften aus ihrer neben dem Küchentisch stehenden Tasche.

Joneson las sich die Schriften durch. „Das sollst du also holen? Dafür ist ernsthaft ein Geheimdienst bereit dir Geld zu gebe? Dir eine Reise nach Griechenland zu bezahlen? Meine Güte, die hast du aber ganz schön abgezogen. Bist vielleicht doch nicht so dumm wie du aussiehst", bemerkte Harris, nachdem er mit lesen fertig war.

„Ja, ich hatte den Geheimdiensttypen bei meinen Nachforschungen kennengelernt. Ich wollte nämlich ein Buch schreiben und habe mich deswegen über Griechenland erkundigt. Es soll ein feministischer Roman werden, der in der Antike spielt."

Nein. Warum?, dachte Joneson genervt.

„Na jedenfalls war ich mit ihm im ... na lassen wir das ... und später fiel ihm keine bessere Verwendung für seine Zunge ein als mit mir über die antike Waffe zu sprechen. Er meinte, wenn er das Ding fände, hätte er bei seinem Vorgesetzten einen Stein im Brett, denn der ist ein Fan des antiken Griechenland. Der Agent ... wie war gleich nochmal sein Name ... egal, er steht in meinem kleinen roten Buch mit Telefonnummer drin ... nun, jedenfalls hat er mir den Auftrag und viel Geld gegeben, damit ich das

Ding finde und er vor seinem Boss gut da steht. Wir könnten also problemlos nach Griechenland reisen und dort auf die Suche gehen. Kannst ja kurz mal darüber nachdenken. Ich muss erstmal für kleine Mädchen", sagte Phoebe, stand auf und ging ins Bad.

„Was meinst du, Schatz?", fragte Fräulein Joneson.

„Ich meine, dass das Mädchen sich mal wieder kräftig in die Tinte reitet. Zum Glück scheint es kein Geheimdienstauftrag im eigentlichen Sinne zu sein; nur ein Agent, der sich bei seinem Boss einschleimen will. Wenn Phoebe anfängt in die dunklen Welten der US-Geheimdienste einzutauchen; na sagen wir's so: Die Krokodile wären harmlos im Vergleich zu diesem Haifischbecken."

„Magst du nicht mit gehen und ein bisschen auf sie aufpassen? Immerhin ist sie unsere Patentochter und du hast es ihrem Vater versprochen. Und zumindest in einem Punkt hat sie nicht ganz unrecht; ein Abenteuer würde dir gut tun. Florida war ja kein Abenteuer, sondern Urlaub", schlug seine Frau vor.

„Griechenland würde auch nichts anderes als ein netter Urlaub werden. Zumal wohl kaum jemand anders als wir zwei nach diesem Teil suchen wird."

„Dann werden du und Phoebe ja nicht in Gefahr sein. Obwohl ... gehören Gefahren nicht zu Abenteuern dazu?"

„Nicht unbedingt. Sieh mal, wenn ich weg bin musst du dich um die Buchhandlung kümmern und meine dortige Buchhaltung mag keine Gefahr für dich sein, aber sehr wohl ein Abenteuer."

„Keine Sorge, ich werde deine Handschrift schon entziffern können. Also gehst du mit?"

Harris Joneson seufzte. „Ja, gut. Ich gehe mit ihr nach

Griechenland. Irgendwer muss ja auf die Kleine aufpassen."

Er blickte zur Wand, wo neben dem Fenster ein Bild seines Vaters Sean hing. *Vater, wenn du Sherlock im Himmel triffst, richte ihm aus, dass ich nach wie vor auf seine Tochter aufpasse und er, wenn mich das Schicksal abberufen sollte, mir dort oben einige Drinks ausgeben muss. Ich hoffe, Ihr beiden seid dort oben glücklich.*

Da kam Phoebe aus dem Bad zurück und Harris sagte ihr: „Ich bin dabei. Wir reisen nach Griechenland."

„Juhu", freute sich Phoebe und klatschte in die Hände.

„Sagt mal, wie heißt eigentlich diese antike Waffe, die Ihr suchen geht?", fragte Fräulein Joneson.

*

„'Das Rad der Scheiße'?! Ist das Ihr Ernst?", fragte Honor Blood, nachdem sie sich bei Professor Berger vorgestellt hatte.

„Ich kann verstehen dass Sie der Name irritiert, gute Frau. Äh ... ich darf Sie doch als Frau ansprechen?", fragte der Professor.

„Klar, warum nicht?", fragte Honor und stemmte dabei die Fäuste rechts und links an ihr Becken.

„Nun ja, heutzutage ist das ja nicht mehr selbstverständlich. Manche Leute identifizieren sich als ..."

„Ich identifiziere mich als jemand, der von solchen Debatten genervt ist. Gott hat mich als Frau auf die Welt kommen lassen und ich lebe damit. Aber sollte ich mich morgen als Basketball fühlen, sage ich Ihnen bescheid und Sie können mich dann mit Frau Basketball anreden."

„Entschuldigen Sie, aber ich bin an einer Universität in Berlin tätig. Da muss man aufpassen was man sagt, sonst hat man schnell einen Prozess am Hals. Andererseits ... den bekommt man heutzutage auch außerhalb der Unis wegen jeder Kleinigkeit ..."

„Richtig, aber bleiben Sie bei der Sache. Wie kann es eine antike Waffe namens 'Das Rad der Scheiße' geben? Was für ein Verrückter denkt sich solch einen Namen aus?"

„Es handelt sich um eine sehr freie Übersetzung aus dem Altgriechischen", meinte Professor Berger.

Julius, Murat und der Schriftsteller schauten bei der Unterhaltung interessiert zu. Dem Autor kam die blonde Frau irgendwie bekannt vor, aber er konnte sie zur Zeit nicht einordnen. Murat filmte dabei im Auftrag des Professors. Die drei hatten, ebenso wie Honor, den Job problemlos bekommen. Das Vorstellungsgespräch war eine Sache von wenigen Minuten des Kennenlernens. Niemand von ihnen war davon sonderlich überrascht, denn die vier sollten praktisch umsonst arbeiten; etwas wozu heutzutage nur wenige Leute bereit waren. Auf dem Weg zur Uni hatte Murat bereits ein E-Mailkonto als „Der kleine Gatsby" erstellt und sich die Nutzerbedingungen von youtube durchgelesen. Beim Vertrag mit dem Professor waren sie dann alle ebenso aufmerksame Leser gewesen wie Murat auf youtube. Es gab nichts Kleingedrucktes. Der Mann wollte einfach eine antike Waffe finden, um sich als Wissenschaftler einen Namen zu machen.

„Und wie kam dieses 'Rad der Scheiße' zu seinem Namen?", fragte Honor.

„Das Rad soll sich den Legenden zufolge öffnen wenn man es dreht. In der Mitte des Rades befindet sich eine Art Krug. Sobald man es dreht passiert erstmal ein paar Sekunden lang gar nichts und dann produziert es einen Haufen Scheiße. So viel Scheiße, dass man damit einen ganzen Staat überfluten kann", erklärte der Professor.

„Glauben Sie das?", fragte Murat interessiert.

„Nein. Natürlich nicht. Das ist nur eine Legende aus uralter Zeit."

„Aber manchmal kommen die Dinge aus uralter Zeit in unsere Zeit und treten uns in den Arsch", bemerkte der Autor.

„So wie in Lovecrafts Horrorgeschichten?", fragte Honor.

„Genau so", antwortete der Künstler.

„Oder wie in 'Assassins Creed'. Obwohl, nein. Da bin eher ich es, der den Leuten in der Vergangenheit in den Arsch tritt", bemerkte Julius.

„Und das verdammt gut", lobte der Autor.

„Ja, er ist ein fabelhafter Zocker, aber wann sehen wir uns mal bei ihm daheim 'Die drei !!!' an, rosten die Serie und besaufen uns dabei?", fragte Murat.

„Wenn es nach mir geht niemals. Ich bin ein Fan der drei ??? und brauche derartige Abklatsche nicht", entgegnete Julius.

„Meine Herren, bitte. Bleiben wir beim Thema", mahnte der etwa 50jährige Professor.

„Moment, uns haben Sie nicht gefragt, ob wir uns als 'Herren' identifizieren", merkte Murat an.

„Äh... okay ... als was identifizieren Sie sich denn?"

„Ich identifiziere mich als Kaiser von Deutschland. Also reden Sie mich bitte mit 'Euer Hoheit' an", meinte der Autor.

„Ich identifiziere mich als Herrscher der Welt. Also müssen alle vor mir auf die Knie fallen; auch du als Kaiser natürlich", entgegnete Murat.

„Tja, Pech für euch! Ich identifiziere mich als Herrscher des Universums. Das könnt Ihr nicht toppen", verkündete Julius.

„Und ich identifiziere mich als jemand der von Ihnen zur Herrscherin über den Herrscher des Universums ernannt wurde", fügte Honor hinzu, nur um nach einer Kunstpause zu sagen: „Und als Herrscherin befehle ich, dass wir jetzt wieder ernst sind und dem Professor zuhören, da er sich hier mit uns auf unsere Mission vorbereiten möchte. Richtig Professor?"

„Richtig. Bevor wir uns nach Griechenland auf den Weg machen, müssen noch ein paar Kleinigkeiten besprochen werden. Logistische Details."

„Oh nein. Ausgerechnet Logistik", murrte der Schriftsteller.

„Ja, schon klar. Du magst keine Logistik. Du willst, dass es richtig knallt", meinte Julius zu seinem Kumpel.

Da krachte es draußen tatsächlich ziemlich laut. „Meine Güte. Was ist denn da los?", fragte Julius und Honor machte sich schon kampfbereit.

Der Professor wollte schon zum Fenster eilen und nach draußen schauen, als die blonde Vampirin verkündete: „Stop! Das ist mein Job."

Sie ging zum Fenster, schob den Vorhang beiseite und stellte nach einem kurzen Blick fest: „Keine Sorge. Nur zwei linke Gruppierungen, die sich kloppen."

Der Professor warf ebenfalls einen kurzen Blick nach draußen, blieb dabei aber knapp hinter Honor, weil diese ihn wieder ein Stück zurückhielt. „Ah ja. Das sind die

'Antifaschistische Pro-Gendern-Brigarde' und die 'Antifaschistische Anti-Gendern-Brigarde'. Die einen wollen, dass immer gendergerecht geredet wird und die anderen sind strikt dagegen. Darum kloppen die sich immer wieder mal", stellte der Professor fest.

„Na wenn die sonst keine Sorgen haben", meinte Julius eher desinteressiert.

Honor machte den Vorhang wieder zu. „Solange die sich gegenseitig prügeln, dürften sie eher keine Gefahr für uns hier drinnen sein", meinte sie und fügte in Gedanken hinzu: *Und falls sie doch Ärger machen, lege ich sie alle um.*

„Trotzdem schließe ich lieber meine Bürotür ab", entschied Berger, ging zu seiner Bürotür und schloss ab.

„Respekt, dass Sie bei solchen Zuständen nach wie vor in Berlin arbeiten", sagte Honor zum Professor.

„Ja, mein Herz hängt an Berlin", antwortete Berger.

Daraufhin meinte Julius: „Berlin neigt eben dazu, einem die inneren Organe rauszuschneiden."

Berger ließ das mal lieber unkommentiert, obwohl er insgeheim dachte: *Damit liegt der junge Mann gar nicht mal so falsch. Zumindest dieser Mob da draußen ist zu so ziemlich allem fähig.*

Nachdem Berger nochmal aus dem Fenster geschaut hatte, erklärte er seinen Leuten die logistische Planung. Er klärte mit ihnen wann sie vom Flughafen Tegel losfliegen würden, wo die Landung stattfand, in welchen Hotels sie übernachten müssten und was davon er noch zuvor regeln musste. Die entsprechenden Informationen hatte er kurz nach den Intressebekundungen der Vier im Netz ausgeforscht. Professor Berger musste nur noch alles buchen und übermorgen würde es dann losgehen.

*

Zwei Tage später ging es los. Zwar regnete es an diesem Sonntag ein bisschen, aber das hielt die Reisenden nicht ab. Die Flugzeuge hingegen schon. Auf dem Flughafen Tegel verspäteten sich die Abflüge und das mittelmäßige Wetter musste dafür als Ausrede herhalten.

Schlussendlich konnte dann aber doch noch gestartet werden und die aus fünf Personen bestehende Gruppe bestieg mit leichtem Gepäck die Maschine, während eine Stimme sie über Lautsprecher aufforderte, sich zu beeilen.

„Dann hättet Ihr uns früher einsteigen lassen sollen", knurrte der Autor auf dem Weg ins Flugzeug.

Als sie endlich in ihren Sitzen saßen ging es los. Glaubten sie zumindest, denn das Flugzeug fuhr gerade los, als es plötzlich anhalten musste. Wenig später kam über Lautsprecher die Durchsage, dass sich einige Klimakleber auf dem Rollfeld festgeklebt hatten und man deswegen nicht starten könnte. „Lasst mich aus der Maschine raus und ich reiße sie von der Fahrbahn runter. Wenn die Hand dabei kleben bleibt, haben sie halt Pech gehabt", murmelte Honor Blood.

Zwei Sitzreihen vor ihr saßen Harris Joneson und seine Patentochter Phoebe. „Wenn die mich das Flugzeug hätten fliegen lassen, wären wir längst in Griechenland und nicht in diese Situation hier geraten", meinte Phoebe selbstsicher.

„Du meinst wohl, du kannst alles, oder?", fragte Joneson.

„Natürlich. Ich bin eine moderne, emanzipierte Frau.

Wenn man Disney und anderen Großunternehmen glauben kann, sind wir Frauen doch von Geburt an unfehlbare Superwesen, die nur durch böse Männer zurückgehalten werden."

„Und warum fängst du dann immer wieder etwas mit bösen Männern an? Wenn wir bei der Zwischenlandung in New York nicht auf dem Flughafen deinem ehemaligen Liebhaber begegnet wären, hätten er und seine Gang und nicht durch die halbe Stadt gejagt und wir hätten nicht im Anschluss diesen Flug über Berlin nehmen müssen, um nach Athen zu gelangen. Das ist alles deine Schuld, Kindchen."

„Wieso ist das meine Schuld. Das er auf dem Flughafen war, war doch reiner Zufall. Ich meine, wie wahrscheinlich ist es, dass man in einer Millionenstadt seinem Verflossenen begegnet?", fragte Phoebe.

„Nicht sehr unwahrscheinlich, wenn man oder in diesem Fall Frau auf Facebook, twitter und Instagram ständig postet, wo wir gerade sind oder wo wir hin wollen. Du hättest doch ahnen können, dass dein einstiger Freund dich online stalkt; ich meine, du warst ja mit ihm zusammen und solltest ihn charakterlich einschätzen können. Zumal er ja offenkundig auch noch Anführer einer Gang ist. Einer Gang, die uns durch die halbe Stadt gejagt hat, bevor wir ihnen entkommen sind", stellte Joneson fest.

„Ja, aber immerhin sind wir ihnen entkommen."

„Nur weil wir mitten in eine Veteranenparade geraten sind. Die Veteranen haben die Ganoven verprügelt und zum Dank hast du sie als 'Rechtspopulisten' beschimpft, nur weil sie Uniformen tragen."

„Und dafür hast du mir eine geknallt", sagte Phoebe enttäuscht.

„Die Ohrfeige war längst fällig. Ich glaube nicht, dass dein Vater dich so erzogen hat; unfassbar das du respektlos gegenüber Veteranen warst."

„Vater hat mich überhaupt nicht erzogen; das waren Fernsehen, Internet und die Lehrer in den öffentlichen Schulen. Aber sei's drum. Wir sind dann doch wieder sicher zum Flughafen gekommen, also warum beschwerst du dich?"

„Sicher? Von wegen sicher. Ein Typ klaute dir die Tasche und ich musste ihm hinterherjagen, weil du nur schockiert hinterhergeschaut hast. Das war wie damals als ich bei einem Kumpel zu Besuch war, der zwei Katzen hat. Da kam eine Maus langgelaufen und die getiegerte Katze ist sofort hinterher und hat richtig Jagd auf die Maus gemacht, während die schwarz-weiße Katze der Maus nur ahnungslos hinterhergesehen hat und irgendwie nichts mit der Situation anfangen konnte. Ich musste dem Kerl hinterherrennen, was mit 80 Jahren nicht mehr so einfach ist wie mit 40. Trotzdem holte ich ihn in einer Sackgasse ein, wo er aber mit seiner Bande auf mich wartete. Und ja, hier merkte ich einmal mehr, dass wir im 21sten Jahrhundert angekommen sind. Die Gang hatte eine Anführerin und der Dieb sagte zu ihr: 'Kathreen-Jennedy, ich bringe dir die Beute und gleich noch einen Typen, den du misshandeln kannst.'

Diese hinterhältige Verbrecherin lachte; ich aber holte meine Peitsche heraus und schlug ihr damit mitten ins Gesicht. Daraufhin gingen ihre Handlanger auf mich los. Ich schnappte mir den Deckel einer Mülltonne, schlug damit dem ersten eine auf's Maul und der ging K.O. Die übrigen drei Handlanger verpissten sich, wie es sich für Feiglinge gehört. Nur die Anführerin, diese Kathreen-

Jennedy blieb stehen; sie schaute ihren Handlangern genauso entgeistert hinterher, wie du dem Handtaschendieb. Dann holte sie ein Messer heraus und ich schwang meine Peitsche um ihren Hals und erwürgte sie damit. Da wir ja auf einer Mission sind, hatte ich wenig Interesse daran auf die Polizei zu warten und denen alles lang und breit zu erklären. Also versteckte ich die Leiche kurzerhand in einer Mülltonne und kam wieder zu dir zurück. Zum Glück hattest du nicht die Polizei gerufen", lobte Joneson seine Patentochter zum ersten Mal.

„Na ich konnte doch nicht die Polizei rufen. Der Räuber hatte gewiss eine schwere Kindheit und außerdem hatte er dunkle Haut. Die Polizei hätte ihn gewiss aus rassistischen Gründen erschossen", behauptete Phoebe.

„Unsinn. Es sterben in den USA jährlich viel mehr Weiße als Schwarze durch Polizeigewalt. Allerdings gebe ich dir recht, dass die tödlichen Schüsse von Beamten in unserem Land ein großes Problem ist. Jedoch scheint es die Medien nur zu interessieren, wenn Schwarze getötet werden; ist das Opfer weiß, interessiert's sie einen Scheiß. Aber wenn ein farbiger Gewaltverbrecher getötet wird, plustern sie ihn gleich zum Helden auf. Ich habe kein Problem mit schwarzen Helden, aber früher haben sie uns schwarze Familien wie in 'Der Prinz von Bel Air' oder 'Alle unter einem Dach' als Helden gezeigt. In der einen Serie war der Familienvater Anwalt in der anderen Polizist. In den Serien; alles anständige Leute, die auch mal Fehler machen, aber gute Menschen sind. Und heute? Heute setzen sie uns Drogendealer und Räuber als Helden vor und tun so als ob diese Leute fehlerfrei wären."

„Es ist natürlich nicht richtig wenn schwere Straftaten

begangen werden, aber hättest du die Räuberchefin denn gleich töten müssen? Unsere Gesellschaft braucht doch starke Frauen in Führungspositionen", meinte Phoebe.

„Ich habe nichts gegen starke Frauen; ich habe etwas gegen dumme, nervige, männerhassende, kommunistische Frauen."

„Warte mal. Woher willst du wissen, dass sie Kommunistin war? Und das sie Männer gehasst hat? Und das sie dumm und nervig war?", trumpfte Phoebe auf.

„Nun, wenn jemand ein linksfeministisches T-Shirt trägt, auf dem das Symbol der internationalen Antifa ist und auf dem 'I hate Man's' steht, ist das ziemlich offensichtlich. Außerdem hat sie, als ihre Gang flüchtete, ihnen hinterhergerufen: 'Ihr könnt mich doch nicht im Stich lassen, Ihr Nazis!'"

„Aber nur weil diese Kathreen-Jennedy deiner Meinung nach wie eine Kommunistin aussah, wie eine Kommunistin redete und wie eine Kommunistin handelte, heißt das doch nicht, dass sie eine Kommunistin war...", meinte Phoebe.

„Äh... doch", entgegnete Joneson, dem die Diskussion langsam zu blöd wurde.

„Also wo ich unterrichtet wurde, trugen einige der Eliteschüler T-Shirts mit Bildern von Mao und Stalin. Das heißt aber nicht, dass sie Maoisten oder Stalinisten waren. Die meinten bestimmt einfach nur, dass es cool wäre sowas zu tragen, während sie sich wo aus Protest festklebten."

„Und welche Parteien haben die dann so gewählt?"

„Na entweder die Demokraten oder eine der kleineren Ökoparteien."

„Nun, vielleicht waren sie keine Kommunisten im

klassischen Sinne, denn Stalin und Mao hätten sie gewiss alle hinrichten lassen. Vielleicht passt eher die Bezeichnung 'Weiße, westliche, woke Weltbürger aus der Oberschicht, die nie richtig arbeiten mussten'."

„Das ist aber ganz schön verletzend. Man sollte eine Triggerwarnung auf dir anbringen. Schon weil du den Spitznamen 'Indianer' hast. Das geht mal gar nicht", meinte Phoebe und machte eine wegwischende Handbewegung.

„Warum nicht? Ist ja wohl kaum eherverletzend, wenn ein guter Mann einen Spitznamen wie 'Indianer' hat. Würde man Stalin 'Indianer Stalin' nennen; dann könnte ich verstehen, dass die Indianer sauer sind. Aber man nennt ihn den 'roten Zaren' und ich könnte gut verstehen, wenn die Romanows deswegen sauer sind. Im Übrigen; heißt es nicht 'Tiggerwarnung' anstatt 'Triggerwarnung'?"

„Du meinst wie 'Tigger' aus dieser Zeichentrickserie?"

„Ja, aber egal. Echte Männer und wahre Frauen brauchen keine Warnhinweise von wegen: 'Achtung! Dieses Buch könnte Ihre Gefühle verletzen.'"

„Du verletzt aber ständig meine Gefühle. Denkst du ich merke nicht, dass du mich für dumm hälst?", fragte Phoebe ein wenig eingeschnappt.

„Mädchen, dann sei halt weniger dumm. Warum musstest du zum Beispiel überall posten wo wir hinwollen? Ich dachte, wir sind hier auf einer Art geheimen Mission."

In diesem Moment kam Honor Blood an ihrer Sitzreihe vorbei und bekam einen Teil des Gesprächs mit. Als Phoebe sagte „So geheim ist es ja nicht. Das wir das 'Rad der Scheiße' finden sollen ist ja keine so richtige Mission; nur eine Sache, die ich für einen Geheimdienstmitarbeiter erledigen soll. Es gibt nicht mal eine Geheimhaltungsstufe oder so was", hörte Honor genau das.

Honor blieb keine Sekunde stehen, sondern ging einfach weiter und tat so als ob sie das alles nicht interessierte. Sie holte dem Professor von weiter vorne einen Eistee, brachte ihm das kühle Getränk und dieser goss sich und Julius einen Becher ein. Dann flüsterte sie den beiden zu: „Wir müssen uns kurz weiter hinten bei den Klo's treffen. Sagt den anderen bescheid."

Anschließend ging sie zu den Klo's und ein paar Sekunden später standen ihre vier Begleiter bei ihnen. „Was ist passiert? Haben Sie etwas gehört wie lange wir noch brauchen, bis das Ding endlich losfliegt?", fragte der Professor.

„Nein. Keine Ahnung ob die Klimakleber schon entfernt wurden. Aber ich habe ein paar Reihen vor uns zwei Leute reden gehört. Eine junge, offenbar leicht dämliche Frau und ein älterer Herr sind auch auf der Suche nach dem Rad."

„Sind Sie sicher?", fragte Murat.

„Klar bin ich mir sicher. Die haben wortwörtlich über das 'Rad der Scheiße' geredet und das sie es für einen Geheimdienstmitarbeiter finden sollen. Die Beiden kommen offensichtlich aus Amerika. Ich erkenne das leicht; habe einige Jahre in den USA gelebt."

„Und was machen wir jetzt?", fragte der Autor.

„Im Moment können wir gar nicht viel machen. Wir sitzen in diesem Flugzeug erstmal genauso fest wie unsere Konkurrenten. Uns bleibt nichts anderes übrig als abzuwarten. In Athen sehen wir weiter", entschied der Professor.

„Ich könnte sie ab und an belauschen. Vielleicht schnappe ich etwas Nützliches auf", schlug Honor vor.

„Wir belauschen sie abwechselnd. Jeder von uns sollte einmal an ihnen vorbeigehen; aber unauffällig", beschloss Professor Berger.

„Gut. So machen wir's", stimmte Julius zu.

Währenddessen ging die Unterhaltung von Phoebe und ihrem Patenonkel weiter. „Sag mal, wie hast du eigentlich geplant das Rad aus Griechenland weg zu bekommen?", fragte sie ihn.

„Das ist tatsächlich mal eine kluge Frage von dir Kindchen. Immerhin haben wir heutzutage jede Menge Behörden und Überwachungsmaßnahmen, die dabei im Weg sind. Ich habe mich vorab im Netz schlau gemacht und festgestellt, dass es in der Gegend wo wir suchen müssen ein paar Touristenattraktionen rund um das 'Rad der Scheiße' gibt. Dort gibt es sogar Stände, wo sie für 29,95 Euro Nachbildungen des Rads verkaufen. Wir kaufen eine, behalten den Beleg, werfen das nachgebildete Rad weg und nehmen das Orginal samt Beleg mit, wenn wir wieder nach Hause fliegen", erklärte Dr. Joneson.

Genau das hörte Julius mit, als er an den beiden unauffällig vorbei schlenderte. Kurz darauf ging er mit etwas Eistee zu seiner Truppe zurück und berichtete von dem Gehörten. „Also wollen sie es außer Landes schmuggeln. Wir könnten die Polizei in Griechenland informieren. Oder besser noch gleich die in Deutschland. Immerhin wollen die griechisches Kulturgut stehlen, während wir es nur finden und den Behörden übergeben wollen", stellte Murat fest.

Honor hingegen war nicht gerade scharf darauf mit der Polizei zu tun zu haben. Ihren falschen Pass hatte man zwar immer wieder akzeptiert, aber da war sie meistens anonym in der Masse untergetaucht; etwa unter hunderten

Flugzeugpassagieren. Aber wenn sie als Fünfergruppe bei den Behörden aussagen mussten, sahen die Beamten vielleicht genauer hin. Darum wandte die blonde Vampirin ein: „Ich glaube nicht, dass das etwas bringen würde. Wir haben keine Beweise und die beiden würden bestimmt alles abstreiten. Am Ende würde sich dadurch nur unsere Reise verzögern, weil wir ja auch bei der Polizei aussagen müssten. Besser wäre es, die zwei im Auge zu behalten und das Artefakt vor ihnen zu finden."

„Da haben Sie recht. Und dann übergeben wir es der Polizei in Griechenland. Dort ist es dann erstmal sicher, bevor es in ein schönes Museum in Athen kommt", entgegnete der Professor.

Murat machte für seine Reisedokumentation ein Foto von Professor Berger im Flugzeug. Er hatte nun bereits Konten auf youtube, twitter, Faceboot und Instagram, wo er fleißig über die Griechenlandreise berichtete. Julius war unauffällig an den beiden Konkurrenten vorbei gegangen, Murat wendete hingegen die Taktik des offenen Verstecks an und ging so auffällig wie möglich an ihnen vorbei. Er filmte sich selbst und kommentierte dabei: „Wir haben unsere Reise nach Griechenland begonnen, aber die Klimakleber lassen uns leider nicht starten. Sie könnten sich auch vor dem Bundestag, vor dem Kanzleramt, vor den Rathäusern oder vor den Bordellen welche die Politiker besuchen festkleben. Aber nein; sie müssen uns kleine Leute nerven."

Während er das sagte, hörte er genau zu was Joneson und Phoebe besprachen. Aber er bekam nichts weiter mit, als dass der Mann mit dem schicken braunen Hut über die Klimakleber meckerte und sich über Phoebes Dummheiten ärgerte. Nachdem Murat wieder auf seinem Platz saß und kurz berichtete, wollte der Autor sein Glück versuchen, aber da forderte sie eine Stimme über Lautsprecher dazu auf, alle elektronischen Geräte auszuschalten, sich hinzusetzen und anzuschnallen, denn die Kleber waren entfernt worden und man konnte nun endlich starten.

*

Während des Fluges gingen die Mitglieder der Truppe aus Berlin noch ein paar Mal an Joneson und Phoebe vorbei, aber da war nichts mehr aufzuschnappen. Denn Joneson hatte das Sinnvollste getan was man vor einer wichtigen Mission machen konnte; er hatte sich zum Schlafen mit einem Kissen und einer Decke in seinem Sitz eingemurmelt, um Kraft für die kommenden Tage der Suche zu tanken. Phoebe hingegen war wach und zu allem möglichen Blödsinn bereit. Als Murat zwecks eines Lauschversuchs an ihnen vorbeiging, lächelte Phoebe ihm zu und signalisierte mit einer Kopfbewegung, dass er in Richtung der Klos gehen sollte. Er tat es, sie stand auf und folgte ihm. *Scheiße, sind wir etwa aufgeflogen?*, befürchtete Murat.

Als Phoebe ihm jedoch anonymen Sex auf dem Flugzeugklo anbot, war er selbstverständlich einverstanden. Er nagelte die Braut ordentlich durch und als er eine halbe Stunde später wieder auf seinem Platz saß, sagte er nur: „So. Jetzt bin ich Mitglied im 'Mile-High-Club'."

„Heißt es nicht 'Migh-High'?", fragte der Autor.

„Und mit wem?", fragte Julius.

„Na mit der Phoebe da vorne", antworte Murat und zeigte auf die Frau, die er und seine Kameraden immer wieder zu belauschen versucht hatten.

„Mit der? Aber die ist doch dumm wie Brot. Du hast ihren Begleiter doch reden gehört. Und sie haben wir auch reden gehört. Honor hält sie auch für dumm, richtig?", fragte Julius an die Vampirin gewandt.

„Richtig", meinte diese nur und nickte zustimmend.

„Na und? Was ihr im Hirn fehlt, hat sie in den Titten. Sie wollte anonymes Bungabunga und da sage ich nicht nein. Außerdem will ich sie ja nicht gleich heiraten und immerhin weiß ich jetzt das sie Phoebe Saw heißt und kann mehr über sie und ihren Begleiter durch die sozialen Medien herausfinden", entgegnete Murat.

„Meinst du nicht eher die 'asozialen Medien'?", scherzte der Autor.

Murat lachte kurz und dann fiel Julius etwas auf:

„Moment mal. Sie wollte doch 'anonymes Bungabunga' wie du sagtest. Woher weißt du dann ihren Vor- und Nachnamen?"

„Na ja, sie sagte zu mir: 'Hallo, ich bin Phoebe Saw, wollen wir anonymen Sex auf dem Flugzeugklo haben?'", antwortete Murat.

„Und da hast du messerscharf geschlussfolgert, dass sie Phoebe Saw heißt", stellte der Schriftsteller fest.

„Genau. Sehen wir uns mal in den sozialen Medien nach ihr um."

Julius, Murat, Honor und der Professor holten ihre Handys heraus. Während des Fluges war es ja seltsamerweise erlaubt die Dinger zu benutzen; nur beim starten und landen nicht. Der Autor schaute bei Julius mit auf's Handy und sie alle durchsuchten die sozialen Medien nach

Phoebe Saw. Rasch fanden sie jede Menge Selfies von ihr und dem genervt dreinschauenden Indianer Joneson, der offensichtlich wenig begeistert davon war, ständig von seiner Patentochter fotografiert zu werden. Einmal hatte sie sich sogar rotzfrech seinen Hut aufgesetzt und man sah in ihrem Selfie seine Hand, wie diese ihr gerade wieder den Hut vom Kopf holen wollte. Julius hätte niemals gedacht, dass man einer nach etwas greifenden Hand ansehen konnte, dass ihr Besitzer so richtig wütend ist; aber diesem Bild sah man es klar und deutlich an. Im nächsten Selfie schaute Phoebe nicht mehr ganz so vorlaut drein und hatte irgendwie eine rote Wange bekommen.

„War das Bungabunga eigentlich gut?", fragte der Autor seinen Kumpel Murat.

„Schon. Sie hat gekriegt was sie wollte und ich was ich wollte."

„Warum nennt Ihr es eigentlich 'Bungabunga'? Warum nicht 'Sex'?", fragte Honor interessiert.

„Ach das ist so eine Art Hommage von uns. An einen großen Italiener, der leider viel zu früh verstorben ist. Silvio Berlusconi. Ein echter Ehrenmann. Hat tolle Partys gefeiert, die man immer 'Bungabunga-Partys' nannte."

„Guter Mann", stimmte Murat zu.

„Ja, der wusste wie man die Grenzen schützt. Und seine Firma hat Filme mit Bud Spencer machen lassen. Bud Spencer, Gott hab ihn seelig, war auch mal Mitglied von Berlusconis Partei. Aber um bei Berlusconi zu bleiben; ich finde ihm wurde viel Unrecht getan. Gut, vielleicht war er korrupt, aber welcher Politiker ist das nicht? Jeder Politiker wird von sich natürlich behaupten, unbestechlich zu sein und vielleicht nehmen einige tatsächlich kein Geld. Aber wenn sie nicht mit Kohle bestochen werden, dann verfallen sie oftmals irgendwelchen absurden Ideologien und reiten uns damit in die Scheiße; sie werden praktisch mit dummen Ideen bestochen und das ist noch viel gefährlicher, als wenn sie einfach nur Geld nehmen. Also ist es mir eigentlich egal wenn Berlusconi Geld genommen hat; solange er sich nur um sein Land und sein Volk kümmert."

„Ich vermisse ihn auch. Früher gab es ja das Klischee des Italieners, der ein Frauenschwarm ist und viele Kinder hat", meinte Murat.

„Ja, so wie in 'Die tollkünen Männer in ihren fliegenden Kisten', wo sie mehrere Völker und ihre Kulturen liebevoll auf's Korn genommen haben. Darunter auch die Italiener", erinnerte sich Julius. „Richtig. So war's. 'Ein kleiner Italiener, pervers und immer geil. Ein kleiner Italiener, sein Ding stand immer steil'", dichtete Murat.

„Auf jeden Fall scheint diese Phoebe mit ihrem Patenonkel unterwegs zu sein. Jedenfalls geht das aus ihren Posts eindeutig hervor", stellte der Professor fest. Dann fügte er hinzu: „Und ihr Begleiter ist niemand anderes als Professor Dr. Harris Joneson. Der berühmte Abenteurer. Er hat sogar schon einige sagenumwogende Schätze gefunden. Angeblich soll er sogar mal mit Außerirdischen zu tun gehabt haben."

„Unsinn. Das glaube ich nicht; ist bestimmt nur ein Gerücht und so nie passiert", meinte Julius und winkte ab. „Das letzte Mal als ich von ihm gelesen habe, hat er eine ehemalige Flamme von sich geheiratet. Sein Sohn war wohl auch bei der Hochzeit und wollte sich seinen Hut aufsetzen, als er ihn mit der Braut an der rechten Hand einfach mit der linken Hand griff, ihn sich grinsend aufsetzte und die Kirche verließ. Das Publikum hat herzlich gelacht, weil der Bengel wohl meinte mit dem Hut könne er in die Fußstapfen seines Vaters treten; aber das war nicht drin", erinnerte sich der Professor.

„Meine mich zu erinnern auch mal von diesem Dr. Joneson gehört zu haben", überlegte Julius.

„Nun, er hat viel über Schätze aus der Antike nachgeforscht", stellte der Professor fest.

„Dann macht es Sinn, dass du von ihm gehört hast. Die Antike ist ja sehr dein Ding", sagte der Schriftsteller zu Julius.

„Ja, während du dich eher für Preußen und das deutsche Kaiserreich interessierst. Ich denke mal damit hatte Joneson nie so recht etwas zu tun?", fragte Murat.

„Richtig", antwortete der Professor.

„Also ist er ein Profi und könnte unserer Mission gefährlich werden. Professor, wenn Sie möchten, verhindere ich, dass er und seine Patentochter das Flugzeug verlassen", schlug Honor vor.

„Wie wollen Sie das anstellen?", fragte Professor Berger.

„Das lassen Sie mal meine Sorge sein", entgegnete Honor und grinste verschlagen.

*

Den ganzen Flug über ließ Honor Blood Phoebe und Dr. Joneson nicht mehr aus den Augen. Julius hingegen brachte in Erfahrung, dass sie im Flugzeug ein „Bambi-Hirschgoulasch" servierten und ließ sich vom Professor eines spendieren. Da er im Anschluss nicht mehr viel machen konnte, ließ er sich auf seinem Handy vom Autor eine Webseite zeigen, wo man die „Avengers"-Serie gratis schauen konnte. Jedoch ging es bei dieser Serie dann überraschenderweise nicht um die von ihm hochgeschätzten Superhelden, sondern um einen Geheimagenten namens John Steed und seine ansehnliche Kollegin Emma Peel. Honor bekam den Kommentar von Julius an seinen Autorenkollegen diesbezüglich nur am Rande mit; sie schmiedete im Geiste einen kleinen aber feinen Plan, wie sie sich um die Rivalen ihrer Mission kümmern konnte.

Als die Maschiene schließlich in Griechenland landete und alle ausstiegen, nahm die blonde Vampirin ihr Handgepäck und hielt sich absichtlich in der Nähe ihres zukünftigen Opfers auf. Wenig überraschend gab es beim Aussteigen eine ziemliche Drängelei, die Honor geschickt ausnutzte. Sie schob einfach mit sanftem Druck einen anderen Passagier zwischen Joneson und seine Patentochter und als die beiden auf diese Weise ein Stück von einander getrennt waren, drängte Honor Phoebe, als sie am Klo vorbeigingen, blitzschnell in Richtung Klotür ab, schlug sie mit einem Handkantenschlag bewusstlos und verdeckte das mit ihrem Beutel, den sie so um den Oberarm gewickelt hatte, dass die Passagiere hinter ihr nichts mitbekamen. Schnell öffnete sie die Klotür, murmelte ein „Ihr ist plötzlich schlecht geworden" in Richtung der nachrückenden Leute und drängte die nun bewusstlose und zu Boden sinkende Phoebe ins Klo. Dort biss sie Phoebe in den Nacken und trank ordentlich Blut von ihr. Anschließend krazte sie Phoebe mit deren eigenem Fingernagel so am Nacken, dass die Bissspur ein wenig vertuscht wurde. „Jetzt denkt sie, sie hätte sich selbst gekrazt. Und wenn nicht, wird es zumindest ihr

Patenonkel denken", murmelte Honor und verließ das Klo wieder.

Im Anschluss gesellte sie sich wieder zu ihrer Gruppe, während Dr. Joneson in der Nähe des Ausgangs nach seiner Patentochter Ausschau hielt. Die Fünf verließen den Athener Flughafen und machten sich auf den Weg zu der Autovermietung, welche der Professor im Weltnetz gefunden hatte. Währenddessen ging Joneson zurück ins Flugzeug und suchte Phoebe. Eine Stewardess half ihm dabei, nachdem sie ihn kurz gefragt hatte, ob er etwas im Flugzeug vergessen hätte. Wenig später fanden sie Phoebe auf dem Klo. Joneson weckte sie, indem er ihn einen von der Stewardess gereichten Becher Wasser ins Gesicht schüttete. „Wa- ... was ist passiert?", fragte Phoebe verwundert.

„Du hast bewusstlos auf dem Klo gesessen. Alles in Ordnung mit dir, Kleines?"

„Ich glaube es geht. Aua", sagte Phoebe und fasste sich an den Nacken.

Auf der linken Seite blutete sie etwas. „Soll ich mir das mal kurz ansehen?", fragte die Stewardess hilfsbereit. Phoebe schaute auf ihre Hände. „Offenbar habe ich mich im Schlaf ... oder bei der Ohnmacht ... selbst gekrazt."

„Vielleicht ist Ihnen die weite Reise nicht so gut bekommen. Ich creme Ihnen die Wunde ein und mache ein Pflaster drauf", sagte die Stewardess.

„Ja, danke", entgegnete Phoebe.

„Mädchen, mit dir macht man was mit", bemerkte Joneson, war aber froh das mit seiner Patentochter ansonsten alles in Ordnung ist.

Er sorgte sich zwar um ihren Geisteszustand, aber das war ja schon lange Standard in ihrer Beziehung.

Nachdem die Stewardess Phoebe versorgt hatte, brachen die beiden auf. Ihre Konkurrenten hatten nun einen kleinen Vorsprung.

*

Die Fünfertruppe aus dem ehemaligen Spreeathen schaute sich nun das richtige Athen an. Julius machte fleißig Fotos, Murat filmte ordentlich und der Autor nutzte die Zeit um mit Honor ein wenig zu reden. Sie war ihm von Anfang an irgendwie bekannt vorgekommen und schlussendlich fiel ihm auf, dass er sie wohl mal auf mindestens einer patriotischen Demo gesehen hatte. Also sprach er sie diesbezüglich an und sie bestätigte ihr Engagement zu Rettung des deutschen Vaterlandes. Die beiden redeten über ihre Erlebnisse im patriotischen Lager und über die schweren Zeiten in denen sich Deutschland befand. „Da kann ich Julius verstehen. Er wünscht sich oft die Antike zurück oder zumindest selbst darin zu leben", beendete der Schriftsteller seinen Bericht über die aktuelle Gegenwart.

„Ja. Schaut man sich die Bauwerke von damals an; sie sind wunderschön. Selbst als Ruinen sehen sie noch toll aus. Und sie stehen noch; sowohl hier als auch in Rom. Das was heutzutage gebaut wird, sieht meistens schon potthässlich aus ohne eine Ruine zu sein. Und anders als die Römerstraßen muss es alle paar Jahre erneuert werden um nicht einzustürzen. Nachhaltiges Bauen sieht anders aus; es sieht so aus", sagte Honor und zeigte auf die Akropolis.

„Jahrtausende alt und noch immer schön. Kann man vom Kanzleramt in Berlin beides nicht behaupten", stimmte plötzlich Julius von der Seite aus zu.

„Du weißt, wer auch hier war, Julius? Wer ebenfalls auf diesen Straßen gewandert ist?", fragte der Autor.

„Sicher. Zahlreiche große griechische Philosophen, denen wir unsere abendländische Kultur verdanken."

„Und natürlich der deutsche Schriftsteller Joachim Fernau, dessen Buch 'Die Geschichte der Griechen' ich dir einst geschenkt habe", entgegnete der Künstler.

„Natürlich. Er auch", bestätigte Julius, dem das Werk sehr gefallen hatte.

Er schoss noch ein paar Fotos und wenig später standen sie bei der Autovermietung, wo der des Griechischen mächtige Professor alles regelte, sodass sie relativ schnell mit dem Wagen nach Norden fahren konnten.

Wenig später trafen Harris Joneson und Phoebe Saw in derselben Autovermietung ein.

*

Irgendwann spät in der Nacht waren die Kameraden aus Berlin noch immer nördlich von Athen unterwegs. Es war stockdunkel; lediglich die Scheinwerfer des Mietwagens beleuchteten die finstere Straße.

Der Morgen graute schon, als sie eine kleine Ortschaft erreichten und dort mehrere Zimmer eines Hotels in Beschlag nahmen. „Ich übernachte bei Honor", verkündete Murat.

„Das vergiss mal ganz schnell wieder mein Großer",

entgegnete die blonde Vampirin.

„Hätte ja klappen können", meinte Murat an Julius gewandt.

„Er denkt immer nur an das eine", stellte Julius fest.

„Nee, manchmal denke ich auch an Essen", verkündete Murat.

Sie verteilten sich auf die Zimmer und pennten nach dieser langen Reise relativ zügig ein. Den morgendlichen Sonnenaufgang verpassten sie; erst gegen Mittag wachte zumindest Julius auf und warf einen Blick aus dem Fenster. „Eine schöne, griechische Kleinstadt", stellte er zufrieden fest.

Er ließ seinen Blick schweifen und da bemerkte er Joneson nebst Patentochter. „Verdammt. Die sind ja auch schon hier", fluchte er und begann seine Truppe zu wecken.

Zuerst weckte er seinen Künstlerkumpel und der stellte sich sogleich ans Fenster und beobachtete ihre Rivalen, während Julius die anderen in deren Zimmern aus den Betten jagte. Honor war sofort putzmunter, bei den Menschen dauerte es ein bisschen länger. Die blonde Vampirin gesellte sich zum Schriftsteller ans Fenster und bemerkte: „Scheiße. Ich dachte, ich hätte uns im Flugzeug etwas Zeit verschafft, als ich die kleine Zicke auf dem Klo eine Weile schlafen schickte."

„Haben Sie bestimmt auch, aber wir mussten uns eben etwas ausruhen. Dieser Joneson hingegen sieht fit wir ein Turnschuh aus. Hat, wenn ich mich recht erinnere, auch auf dem Flug geschlafen. Hätten wir ebenfalls tun sollen", bemerkte der Autor.

„Wir brechen sofort auf", verkündete nun plötzlich der Professor.

In seiner Stimme lag jedoch kaum Entschlusskraft, sondern vor allem Müdigkeit. „Müssten wir nicht erstmal einkaufen gehen? Ich meine, wir werden das Rad doch hier in der Gegend suchen; dafür brauchen wir Ausrüstung, Proviant und so weiter, oder?", fragte Julius. „Mist, er hat recht. Dann erledigen wir das schnell. Hier ist etwas Geld; Sie kaufen ein paar Schaufeln und Spitzhacken und Sie Lebensmittel zum mitnehmen", wies Professor Berger Julius und Murat an.

An Honor und den Autor gewandt sagte er: „Und Sie beide behalten unsere Gegner im Auge."

Alle Vier nickten und machten sich auf den Weg. Nun zahlte es sich zeittechnisch aus, dass sie in ihrer normalen Kleidung geschlafen und die Schlafsachen im Gepäck gelassen hatten. Ersparte ihnen das Umziehen, weswegen Honor und der Künstler nun Phoebe und Joneson folgen konnten, die gerade am Hotel vorbei kamen. Obwohl sowohl die Vampirin als auch der Autor sehr gut im Herumschleichen waren, bemerkte Joneson sie nach wenigen Minuten. „Wir werden beobachtet", sagte er zu Phoebe.

„Was? Von wem?", fragte sie und tat das Dümmste was man nach so einer Feststellung machen konnte; sie schaute sich nach allen Seiten um, sodass die Beobachter erahnen konnten, dass die Beobachteten wussten, dass sie beobachtet wurden.

„Nicht umschauen", ermahnte Joneson sie leider zu spät.

„So wie sich diese Phoebe gerade umgesehen hat, hat sie entweder etwas gesucht oder Joneson hat bemerkt, dass wir sie beobachten und es ihr gesagt", stellte Honor fest.

„Na dann hat Phoebe doch nach etwas gesucht. Nach uns", entgegnete der Autor.

„Richtig und das hätte eigentlich nicht passieren sollen. Normalerweise bemerken es die Leute nicht, wenn ich sie beobachte. Der alte Mann ist gut. Hat offenbar jahrelange Erfahrung mit gefährlichen Gegnern."

„Und was machen wir jetzt?"

„Wir beobachten sie einfach weiter", entschied Honor. Gleichzeitig fragte Phoebe: „Und wie werden wir jetzt unsere Verfolger los?"

„Komm mit. Ich hätte da eine Idee", antwortete Joneson und gemeinsam betraten sie einen Andenkenladen, in dem auch Kleidung verkauft wurde.

Alles Mögliche war in irgendwelchen Plastikkisten oder luftdicht verschlossenen Plastikbeuteln eingelegt. „Also sowas habe ich noch nie gesehen. Ein Laden voller Plastik", bemerkte Joneson.

„Was wollen wir hier denn kaufen?"

„Gar nichts, Kindchen. Wir suchen uns den Hinterausgang", entgegnete Joneson.

Sie sahen sich um und fanden schließlich eine Tür. Diese führte sie zu einem Hinterhof, der aber ummauert war.

„Da rüber", entschied der erfahrene Forscher und kletterte links über die Mauer.

Seine Patentochter folgte ihm und sie landeten in einem weiteren Hinterhof. Von dort aus begaben sie sich in den Nächsten und dort durch eine Hintertür in ein Hinterhaus. Dann ging es in den vorderen Hof und von dort durchs Vorderhaus nach draußen auf die Straße.

Vor dem Laden warteten Honor und der Autor. „Die brauchen aber ganz schön lange da drin", stellte der Künstler fest.

„Vielleicht sind sie durch einen Hintereingang

abgehauen", überlegte Honor.

„Möglich, aber hätten wir dann nicht den Ladenbesitzer meckern gehört? Normalerweise mögen es Ladeninhaber nicht, wenn man einfach so ihre Hinterausgänge benutzt", meinte der Autor.

„Wir sollten sicherheitshalber reingehen und nachsehen. Auch auf die Gefahr hin, dass sie dort nur ziemlich lange stöbern und wir ihnen dann begegnen."

„Einverstanden."

Also betraten sie den Laden und sahen sich um. Recht bald fiel Honors Blick auf den Händler, der hinter seinem Tresen auf einem Stuhl saß und vor sich hindöste. Sie schnupperte ein wenig und folgte dem Geruch von Phoebe. Er führte sie zur Hintertür. Honor winkte dem Autor ihr zu folgen. Sie schnüffelte weiter und gemeinsam kletterten die beiden nun ebenfalls durch die Hinterhöfe der Ortschaft. An einem Parkplatz endete die Spur jedoch für Honor. „Ich denke mal, sie dürften von hier aus mit dem Auto weitergefahren sein."

„Gut möglich, aber wie können Sie das alles wissen?", fragte der Schriftsteller.

„Kennen Sie die Sherlock-Holmes-Geschichten von Arthur Conan Doyle?"

Der Autor nickte. „Dann wissen Sie gewiss, dass Flüchtende Spuren hinterlassen. Abgebrochene Zweige, verwischter Staub oder Erde. Vor Kurzem abgegangener Putz an Wänden. Tja, ich habe diese Spuren in den Höfen erkannt und wusste sie zu deuten", behauptete Honor als Ausrede, da sie ihm ja wohl kaum sagen konnte, dass sie eine Vampirin war.

„Na ja, auf jeden Fall sind sie erstmal weg. Gehen wir zurück zum Hotel."

Honor nickte und gemeinsam machten sie sich auf den Rückweg. Beim Hotel angekommen waren Julius und Murat mit dem Organisieren von Ausrüstung und Lebensmitteln bereits fertig und beluden damit den Mietwagen, während der Professor die Windschutzscheibe etwas abwischte. Julius erfreute Murat mit seinen Chuck-Norris-Sprüchen: „Chuck Norris hat Yu-Gi-Oh besiegt; ohne Karten. Chuck Norris ist der Vater von Darth Vader. Chuck Norris hat bis zur Unendlichkeit gezählt; zweimal. Chuck Norris spielt bei Star Wars mit; er ist aber nicht zu sehen, denn er ist die Macht."

„Da fällt mir auch einer ein. Nachdem Chuck Norris im Meer schwimmen war, war Arielle die Meerjungfrau keine Jungfrau mehr", scherzte Murat.

„Chuck Norris wurde mal von einer Schlange gebissen. Drei entsetzlich schmerzhafte Tage später ist die Schlange dann verendet", fiel Julius ein.

„Ah ja, den hat Norris sogar mal selber in einem Film gerissen", meinte der Autor.

„Genau. Es gibt eben nichts was der Mann nicht kann. Ich meine, die Japaner haben schließlich zu Ehren von Chuck Norris ein Denkmal in Tokyo aufgestellt. Seitdem lässt Godzilla endlich ihr Land in Ruhe. Wenn Chuck Norris bei Sheldon Cooper zu Gast ist, sitzt er auf dessen Platz. Wenn Bruce Banner wütend wird, verwandelt er sich in Hulk. Wenn Hulk wütend wird, verwandelt er sich in Chuck Norris. Wenn kleine Kinder ins Bett gehen, schauen sie vorher, ob Monster unterm Bett sind. Wenn Monster ins Bett gehen, schauen sie vorher, ob Chuck Norris unterm Bett ist. Voldemort nennt Chuck Norris 'Du-weißt-schon-wer'. Der Film 300 sollte eigentlich '1 - Chuck Norris gegen die Perser' heißen. Aber wer schaut schon einen 3-Sekunden-Film?", fragte Julius.

„Hm. Ich kenne leider keine Witze mit ihm, aber ich glaube Viktor Orban hat einmal verkündet: 'Wir brauchen weniger Dragqueens und mehr Chuck Norris.'", erinnerte sich Honor.

„Mir fiele noch ein: Superman kann fliegen. Chuck Norris auch; er hat nur keine Lust dazu", sagte Julius.

„Chuck Norris hat Liberty Vallency erschossen. Mit seiner Fingerpistole", meinte der Autor.

„Im Film 'Der Mann, der Liberty Vallence erschoss' war das aber John Wayne", stellte Honor dazu fest.

„Klar, ich glaube mit einem Gewehr. Wayne war ein guter Mann, aber Norris hätte kein Gewehr gebraucht. Aber Spaß beiseite, ich mag beide und Meyers großem Taschenlexikon von 1983 zufolge verkörperte er den 'selbstständigen und harten [Western]helden, der immer auf der Seite von Recht und Ordnung steht, typ. konservativ-reaktionäre Elemente der amerikan. Gesellschaft'. So als ob das etwas Schlechtes wäre; die linksliberalen, inländerfeindlichen Elemente der heutigen Filme; die machen mir Sorgen. Immerhin stehen diesem System noch Leute wie Clint Eastwood entgegen. Eastwood kennt Julius ja auch; aus dem Film 'Zwei glorreiche Halunken'. Wayne und Eastwood kannten sich sogar. Es gibt auch dieses Foto, wo sie beide mit Lee Marvin und anderen Berümtheiten der guten alten Zeit zusammen standen. Das hätten sie mal auch in diesem Ding von Meyers abbilden sollen", meinte der Autor.

„Woher hast du denn eigentlich so ein Taschenlexikon von 1983?", fragte Julius.

„Hat mir mein leiblicher Vater mal zum Geburtstag geschenkt. Infolgedessen wollte meine Stiefschwester zu

Weihnachten dasselbe haben."

„Aber deine Stiefschwester kann doch gar nicht lesen",
erinnerte sich Murat.

„Ja, aber trotzdem. Gleiches Recht für alle. Und das geht
schon in Ordnung; ich mag sie ja und gönne ihr das Teil.
Außerdem hat mein Stiefbruder es auch öfters mal
verwendet. Das erste Mal während seiner Oberschulzeit.
Da hat er sich ganz schön geärgert. Er meinte: 'Toll. Da
kauft Papa ihr ein so teures Taschenlexikon und dann steht
nicht einmal etwas über 'Füsik' drinnen.'"

„Ach ja, die Schule. Die war auch ätzend; besonders die
Oberschule", erinnerte sich Julius.

„Bei mir ging es eigentlich. Aber die Lehrer waren oft
nervig. Am ersten Schultag habe ich mir in der ersten
Stunde was zu essen ausgepackt, weil ich Hunger hatte.
Da meinte die Lehrerin zu mir: 'Du, hier gibt's aber kein
Frühstück'. Darauf ich: 'Das dachte ich mir schon,
deswegen habe ich mir selbst was mitgebracht.'", fiel
Murat ein.

„Sagt mal, habt Ihr eigentlich in der Schule was gelernt?
Ich nicht; lesen und schreiben brachten mir meine Mutter
und meine Tante bei. Rechnen ebenso", stellte der Autor
fest.

„Meine Mutter wollte mal, dass ich mehr lerne. Sie bot
mir an, mir für jede Eins fünf Euro zu geben; ich machte
ihr das Gegenangebot: Für jede Fünf ein Euro. Leider war
sie damit nicht einverstanden. Sie war auch mal sauer,
weil ich den Lehrer einen Idioten genannt habe. Aber er
war selbst schuld; er wollte wissen wofür ich ihn halte.
Der Lehrer war auch mal ziemlich unzufrieden mit unserer
Klasse und meinte im Geschichtsunterricht: 'Als
Alexander der Große so alt war wie Ihr, hatte er schon die

halbe Welt erobert.' Darauf sagte ich: 'Der hatte aber auch den Aristoteles als Lehrer!' Das hat dem Lehrer gar nicht gepasst, aber manchmal war er schon zu Recht verärgert. Zum Beispiel spricht es nicht gerade für einen klugen Kopf, wenn der Lehrer fragt 'Wie heißt die Hauptstadt von Russland' und der Schüler springt auf und verkündet im Brustton der Überzeugung: 'China!'", erinnerte sich Julius an seine Schulzeit.

„Bei uns im Deutschunterricht sollten wir alle mal einen Aufsatz schreiben, was wir uns unter Gemütlichkeit vorstellen. Am Ende der Stunde haben wir alle durch die Bank weg leere Seiten abgegeben", fiel Murat ein.

„So was Ähnliches hatte ich auch mal. Wir sollten einen Aufsatz über das Thema 'Sollen wir uns kurz und knapp ausdrücken' schreiben. Ich habe nur 'Ja!' auf das Blatt geschrieben", meinte der Autor.

„Bin mit dem Putzen der Windschutzscheibe fertig. Wir können los, wenn Sie mit einladen fertig sind", verkündete der Professor.

„Alles drin!", rief Honor.

Daraufhin stiegen alle ein und machten sich mit dem Wagen auf den Weg.

*

Es dauerte nicht lange und sie hatten die Gegend erreicht, wo sich der Eingang zu einem unterirdischen Bauwerk befinden sollte, in dem angeblich das „Rad der Scheiße" war. Sie parkten in Sichtweite eines anderen Autos.

„Meinen Sie, das ist der Wagen von Dr. Joneson?", fragte

Honor den Professor.

„Halte ich für sehr wahrscheinlich. Er ist vor uns hier, aber das heißt natürlich nicht, dass er das Rad schon gefunden hat."

„Was er und seine bumsbare Patentochter wohl gerade machen?", überlegte Murat.

Dr. Harris Joneson und seine Patentochter Phoebe Saw hatten zwar das Rad noch nicht gefunden, aber sie waren bereits in dem unterirdischen Tempel, wo es der Karte zufolge aufbewahrt wurde. Joneson hatte eine Fackel angezündet und mahnte Phoebe: „Sei vorsichtig. Hier soll es einige Fallen geben."

„Ach, du mit deiner Fackel. Heutzutage hat man doch Handys mit Taschenlampenfunktion", winkte sie ab und holte ihr Smartphone hervor.

Sie schaltete es ein und stellte fest, dass der Strom alle war. Rasch steckte sie es wieder ein und meinte nur: „Aber wenn es dir Freude macht, können wir gerne die Fackel benutzen. Ganz alte Schule eben..."

„Klar. Legen wir los."

Sie erkundeten ihre Umgebung und bemerkten sehr schnell einen Gang, in dessen Wänden sich jedoch verdächtige Löcher befanden. Phoebe wollte sofort durchgehen, aber Dr. Joneson hielt sie zurück. Er schmiss einen Stein auf den Boden im Gang und sofort schossen mehrere Pfeile aus den Löchern. Als der Pfeilbeschuss aufgehört hatte, leuchtete er in den Gang ohne dabei den Boden zwischen den Gangwänden zu betreten. Der Durchgang war offenbar nicht besonders lang und auf der anderen Seite befand sich ein Hebel. Joneson holte seine Peitsche hervor, traf beim ersten Versuch den Hebel und zog. Er legte ihn um und schmiss dann zu Testzwecken einen weiteren Stein in den Gang. Diesmal kamen keine Pfeile, weswegen die beiden problemlos durchgehen konnten.

In dem Raum hinter dem Gang fanden sie zwei Leichen. Die eine war mit mehreren Pfeilen durchsiebt worden und bei der anderen steckten nur wenige drin. „Offenbar hat es den einen zuerst erwischt und der andere konnte gerade noch sich selbst und seinen Begleiter außer Schussweite ziehen. Oh und dabei hatte er wohl ein Maschinengewehr geschultert", bemerkte Dr. Joneson.

Er nahm der Leiche die Waffe ab, gab sie Phoebe und sagte: „Das Teil brauchen wir vielleicht nochmal. Aber nicht auf mich richten; es könnte losgehen."

Phoebe nickte und war sichtlich unerfreut die Waffe tragen zu müssen. „Wer die Typen wohl waren?", fragte sie.

„Schwer zu sagen. Die abgegriffene Kleidung sieht uniformähnlich aus... ich kenne mich da nicht so gut aus, aber sie wirkt so als ob sie aus Uniformen der Wehrmacht und der griechischen Armee zusammengeschustert wurden. Möglicherweise handelt es sich bei den beiden Toten um kommunistische Partisanen, die 1944 nach dem gescheiterten kommunistischen Dezemberaufstand hier untergetaucht waren. Oder aber es sind rote Banditen, die irgendwann in den Folgejahren Terror gemacht haben und sich dachten, das hier wäre ein gutes Versteck. Griechenland hat, auch dank Stalins Einfluss, lange unter der linken Bedrohung gelitten. An manchen Punkten seiner Geschichte hätte nicht viel gefehlt und die Roten hätten gesiegt und hier alles ähnlich übernommen wie zum Beispiel im Nachbarland Bulgarien. Aber wir sind ja jetzt nicht hier um das zu erforschen. Wir sind hier wegen dem

Rad."

Die beiden spazierten weiter. Dieser Raum war anscheinend nicht mit Fallen versehen. Auch im darauffolgenden Raum schien es nichts Gefährliches zu geben. Trotzdem hatte Dr. Joneson ein ungutes Gefühl. Wachsam leuchtete er in die Dunkelheit. Dann nahm er einen herumliegenden Stein und schmiss ihn in den Raum. Sofort brach ein Stück vom Boden weg. Er trat mit einem Fuß kurz vor und zog den Fuß rasch wieder zurück. „Dieser Teil ist offenbar stabil", stellte er fest und ging mit beiden Füßen hinauf.

Dann testete er das nächste nahegelegene Stück und es brach weg. Das Übernächste, rechts von ihm, hielt jedoch stand. Also ging er dort rauf. Seine Patentochter folgte ihm. Auf diese Weise schafften sie es durch den Raum.

„Blöd das auf der Karte zwar ein Grundriss ist, aber die Fallen nicht eingezeichnet wurden", bemerkte Joneson.

„Dafür seid Ihr nun fast an Eurem Ziel angekommen", erklang plötzlich eine Stimme vor ihnen.

„Wer spricht da?", fragte Phoebe.

„Ich."

„Wer ist 'ich'?"

„Der Wächter dieser Kammer. Der letzten Kammer", verkündete die Stimme.

„Und warum sehen wir dich nicht?", lautete Phoebes nächste Frage.

Da wurde der vormals dunkle Raum plötzlich hell erleuchtet. Vor Harris und Phoebe materialisierte sich ein Geist. Seinem mittelmeerländischen Aussehen und der Toga nach zu urteilen war er anscheinend im antiken Griechenland geboren und dort auch verstorben. „Ihr seid hier, weil Ihr das 'Rad der Scheiße' haben wollt", sprach er.

„Woher weißt du das?", fragte Phoebe.

„Mädchen, warum sollten wir wohl sonst hier sein?", antwortete Joneson mit einer Gegenfrage.

„Na ja ... wir könnten doch auch Touristen sein, die sich verlaufen haben, oder?"

„Und du glaubst, der Geist würde glauben, dass sich Touristen durch diese Fallen durchgearbeitet haben?"

„Ruhe! Hört auf zu streiten! Höret her! Wenn Ihr das 'Rad der Scheiße' haben wollt, müsst Ihr zuvor drei Rätsel lösen. Schafft Ihr es, dürft Ihr das Rad mitnehmen. Versagt Ihr, zaubere ich Euch aus dem Tempel hinaus."

„Und was ist wenn wir zwei der Rätsel gelöst haben, dass dritte jedoch nicht lösen können? Dann könnten wir doch wieder zurück kommen und es noch einmal probieren und zwei Antworten hätten wir schon, oder?", fragte Phoebe.

„Netter Versuch. Sollte es so kommen, denke ich mir für Euch natürlich drei neue Rätsel aus", antwortete der Geist.

„Und wenn wir so schnell wieder hier drin sind, dass du gar keine Zeit hast dir neue Rätsel auszudenken?"

„Ist die immer so neunmalklug?", fragte der Geist Dr. Joneson.

Der Abenteurer nickte. „Höre Mädchen. Ich bin ein Geist. Ich wohne im Jenseits. Ich tauche hier nur auf, wenn jemand den Raum betritt. Und im Jenseits gehen die Uhren anders. Wenn ich will, habe ich dort im 'Raum von Geist und Zeit' hundert Jahre Zeit um mir neue Rätsel auszudenken, während für Euch hier auf der Erde nur fünf Minuten vergehen. Und selbst wenn mir nichts einfällt, kann ich einfach ein paar der größten Genies der Menschheit im Himmel aufsuchen und sie fragen. Glaubst du, Mädchen, du bist schlauer als Kopernikus, Kant oder Einstein?", fragte der Geist.

„Also da drüben in der Ecke liegt ein Stein und ich denke schon, dass ich schlauer bin als er", antwortete Phoebe.

„Soll ich dir jetzt einfach die Rätselfragen stellen?", fragte der Geist an Dr. Joneson gewandt.

„Klar. Bin bereit", antwortete dieser und rückte sich seinen Hut zurecht.

„Also gut. Höre nun das erste Rätsel. 'Am Morgen habe ich vier Beine, am Mittag zwei und am Abend drei'. Was bin ich?"

„Die Antwort ist einfach: Ein Mensch. An seinem Lebensmorgen krabbelt er auf allen Vieren, an seinem Lebensmittag geht er auf zwei Beinen und an seinem Lebensabend oftmals auf drei Beinen, wobei das dritte Bein ein Stock ist", antwortete Joneson.

„Richtig", entgegnete der Geist.

„Ich will ja nicht meckern, aber das hätte ich auch gewusst", behauptete Phoebe.

„Kann schon sein. Weißt du, Geist. Dieses Rätsel ist heutzutage sehr bekannt", bemerkte der Abenteurer.

„Gut, dann wird das nächste Rätsel ein bisschen schwieriger."

„Hattest du dir die Rätsel nicht sowieso schon vorher ausgedacht? Wäre es nicht also auch ohne unseren Kommentar eben schwieriger geworden?", fragte Joneson.

„Schon, aber kommen wir zur Sache. Das zweite Rätsel lautet wie folgt: 'Wie lautet die wahre Identität von Batman?'"

„Verdammt, wenn mein Handy funktionieren würde, könnte ich das nachgoogeln", murrte Phoebe.

„Das ist natürlich Bruce Wayne", antwortete Harris Joneson.

„Richtig", bestätigte der Geist.

„Sag mal, wie bist du auf diese Frage gekommen?", fragte der Abenteurer und fügte in Gedanken hinzu: *Das weiß bei uns doch jedes Kind.*

„Habe ich im Jenseits mal im Fernsehen gesehen. Ist aber Jahre her. Da war so ein Typ namens Batman irgendwie gezwungen so einem Schurken eine Rätselfrage zu stellen und der wusste nicht wer Batman war und auch sonst schien das in diesem Film nicht zu wissen. War aber irgendwie ein Kurzfilm; er ging nur so 25 Minuten."

„Aha. Okay. Na dann verrate uns mal die dritte Frage", bat Joneson.

„Kein Problem. Sie lautet: 'Wie begrüßen sich die Bewohner von San Angeles in dem Film 'Demolition Man'?"

„Sie begrüßen sich mit 'Sanfte Grüße.'", antwortete Dr. Joneson.

„Richtig. Bravo. Ihr habt nun alle drei Rätsel gelöst. Ich hätte nicht gedacht, dass Ihr so schlau seid", entgegnete der Geist.

„Ja, wir sind superschlau und das sogar ganz ohne Handy", meinte Phoebe stolz.

„Wir? Ich habe ja wohl die Fragen beantwortet, oder?", wandte Indianer Joneson ein.

„Schon, aber nur weil du mir vorgegriffen hast."

Der Geist sah weg und man hörte in den Gängen den Widerhall eines Klatschgeräusches.

*

Draußen hatte die Truppe rund um Professor Berger

inzwischen den Eingang gefunden. Joneson und Phoebe waren sehr fleißig beim freilegen des verschütteten Zugangs gewesen, aber die Erde lag noch überall herum und das große Loch war ebenfalls nicht zu übersehen.

„Und was machen wir nun?", fragte der Schriftsteller.

„Ich denke mal, wir warten bis sie draußen sind. Dann nehmen wir ihnen das 'Rad der Scheiße' ab. Dürfte kein Problem sein; wir sind zu fünft und die nur zu zweit", beschloss der Professor.

„Außerdem haben wir Schaufeln und Spitzhacken", stellte Murat fest.

„Haben die Beiden das nicht auch? Wie sonst sind sie da hinein-... nein, Moment. Ich sehe es; dort drüben liegen ihre Werkzeuge herum. Warum haben sie die nicht mit reingenommen?", fragte Honor.

„Vielleicht dachten sie, dass sie die Dinger drinnen nicht benötigen. Immerhin wurde nur der Eingangsbereich dieses unterirdischen Tempels verschüttet. Und wenn ich mir den Grashügel so ansehe, unter dem sich wohl die Kuppel befindet, ist er der Form nach zu schließen innen wohl weitestgehend unbeschädigt. Wenn Griechen und Römer etwas bauten, dann für die Ewigkeit", meinte der Professor.

„Also. Wenn sie draußen sind, gehört das Rad uns", fasste Murat zusammen, holte sein Handy hervor und filmte ein wenig.

„Das wird den kleinen Gatsby berühmt machen. Reich und berühmt", freute er sich.

„Und dann machst du in deinen Videos gratis Werbung für meine Bücher", fügte der Autor grinsend hinzu.

„Klar. Versprochen ist versprochen."

„Psst. Seid mal kurz leise; ich glaube ich höre da etwas

von drinnen", sagte Julius.

Alle schwiegen und lauschten. Von drinnen erklang ein seltsamer Singsang: „Ich habe das 'Rad der Scheiße' gefunden. Ich habe das 'Rad der Scheiße' gefunden. Ich habe das 'Rad der Scheiße' gefunden. Ich habe das 'Rad der Scheiße' gefunden. Ich habe das 'Rad der Scheiße' gefunden. Ich habe das 'Rad der Scheiße' gefunden. Ich habe das 'Rad der Scheiße' gefunden. Ich habe das 'Rad der Scheiße' gefunden. Ich habe das 'Rad der Scheiße' gefunden."

„Ja, klar. Du warst es", entgegnete eine ältere, männlichere Stimme sarkastisch.

Sekunden später kam Phoebe aus dem unterirdischen Tempel getänzelt und ihr Patenonkel folgte ihr mit dem „Rad der Scheiße" unter dem Arm. „Hallo, Dr. Joneson", begrüßte ihn Professor Berger.

„Oh. Sieht aus, als hätten Sie uns gefunden", stellte Joneson fest.

„Ja und wir sind zu fünft und haben Schaufeln und Spitzhacken."

„Mag sein, aber wir haben ein Maschinengewehr", antwortete Joneson.

„Wirklich? Wo?", fragte Phoebe.

„Na über deiner Schulter."

„Ach ja, richtig!", rief Phoebe aus und fummelte sich die Waffe samt Gurt von der Schulter.

„Die Hände hoch!", rief sie der Fünfergruppe zu und fügte nocheinmal hinzu: „Wir haben ein Maschinengewehr!"

Und wir haben eine Vampirin, die einen Fick auf ein Maschinengewehr gibt, dachte Honor und machte sich angriffsbereit.

Das schien Professor Berger jedoch zu bemerken und hielt

sie erstmal zurück, indem er seine Hand in den Weg hielt.
„Hören Sie, Dr. Joneson. Dieses antike Artefakt gehört
weder Ihnen noch mir. Es gehört Griechenland."
„Genau. Das wäre wie als ob Sie die Bundeslade aus
Ägypten klauen und den Kopten vorenthalten würden!",
rief der Autor aus.
„Wie wäre es, wenn wir uns den Ruhm für die Entdeckung
teilen und das Ding einfach den Behörden übergeben?",
bot der Professor an.
„Von mir aus gerne. Nur hat meine Patentochter sich mit
einem Geheimdiensttypen eingelassen und der will es
unbedingt für seinen Vorgesetzten haben", entgegnete
Joneson.
„Und was machen wir jetzt?", fragte Julius.
Da erklang plötzlich gewaltiger Lärm aus der Nähe. Für
Phoebe klang es, als ob jemand „Alufolie aufbackbar!"
rief; sie verstand es nicht so recht.
Aber als auf englisch „Tod allen Griechen!" gebrüllt
wurde, das verstand sogar sie. Eine Horde von etwa 150
vermummten, mit Schlagstöcken, Ästen und Macheten
bewaffneter Typen kam in ihre Richtung. Das eigentliche
Ziel dieser Horde war wahrscheinlich das Dorf; die sieben
Abenteurer waren lediglich dazwischen. „Du liebe Güte.
Was sollen wir jetzt tun?", fragte Phoebe.
Honor glitt an der noch immer ausgestreckten Hand des
Professors vorbei, kam vor Phoebe kurz zum stehen und
schnappte sich ihr Maschinengewehr. Dann rannte sie laut
brüllend der wilden Horde entgegen. Ohne zu zögern
begann sie auf die feindliche Armee zu ballern und mähte
mit der ersten Salve gleich zehn von ihnen nieder. Auch
die nächsten fünf erwischte sie problemlos, nur dann war
das Gewehr alle.

„Stirb!", schrie sie dem ihr am nächsten stehenden Gegner ins Gesicht, bevor sie ihm das leere Gewehr in ebendieses rammte und damit seinen Schädel durchbohrte.

Sie packte sich blitzschnell die Machete des Toten und schlug jedem in ihrer Nähe den Kopf ab. Ein paar der Banditen rannten weg; in Richtung der staunenden, noch immer beim Eingang stehenden Gruppe. Rasch umklammerten alle Schaufeln und Spitzhacken und schlugen den Ankömmlingen damit die Schädel ein. Währenddessen schlachtete sich Honor durch den Hauptteil der feindlichen Truppe. Sie schlug und riss um sich; in der rechten Hand die Machete, in der linken mal ein Herz, mal ein Stück vom Hals, mal einen Lungenflügel. Als sie sah wie drei der Verbrecher flüchten wollten, schleuderte sie ihnen die Machete so hinterher, dass sie im Flug routierte und allen dreien nacheinander den Kopf absäbelte. Dann packte sie sich einen Typen in der Nähe, sagte „Zeit für einen netten Blutadler!" und riss ihm durch den Rücken beide Lungenflügel heraus.

Einem anderen riss sie die Gedärme heraus und stopfte sie dem Nebenmann in den Mund, sodass dieser erstickte. Dann schnappte sie sich eine neben ihr liegende Machete und schlug damit weiter Köpfe ab. Einer stürzte sich auf sie und erwischte sie mit dem Messer; sie brach mit einem Schlag sein Genick und ihre Stichwunde verheilte sofort wieder. Honor packte sich einen Typen und versenkte ihre Reißzähne in seinem Hals. Sie trank einen kräftigen Schluck, während sie ihn mit der einen Hand festhielt und ihm mit der anderen den Bauch aufriss und seine Eingeweide herausholte. Schreiend verreckte der Kerl auf dem Boden, nachdem sie von ihm abgelassen und ihn hingeworfen hatte. Rasch schnappte sie sich ihr nächstes

Opfer. Sie schlug ihm ihre Faust mitten ins Gesicht, sodass diese aus dem Hinterkopf wieder herausschaute. Das widerholte sie dreimal, bis es ihr zu langweilig wurde und sie wieder die Machete benutzte. Ein Kopf nach dem anderen rollte. Einer versuchte wieder zu fliehen, Honor warf ihm die Machete in den Rücken. Die Masse der Gegner glaubte trotz etlicher Toter noch immer, sie könnten es mit dieser blonden Bestie aufnehmen. Sie stürzten sich auf Honor und bekamen dafür ihre langen Fingernägel mitten in den Hals. Mit aufgerissenen Kehlen verbluteten viele von ihnen, während ein paar ausweichen und auf Abstand gehen konnten. Honor sprang jedoch einen nach dem anderen an und vollendete mit einer schnellen Reißbewegung der rechten Hand jedes Mal ihr blutiges Werk. Einer schaffte es jedoch wieder sich wegzuducken, weswegen sie allerdings sein linkes Auge erwischte. Spontan riss sie es ihm aus und er brüllte vor Schmerzen. „Du Monster! Du hast mir mein Auge ausgerissen!"

Daraufhin riss sie ihm das andere auch noch aus und verkündete: „Jetzt sind sie wieder symmetrisch." Anschließend biss sie ihm die Kehle durch. Nach ein paar Minuten standen nur noch drei Gegner. Honor riss einem von ihnen die Eingeweise heraus und erwürgte mit dessen Gedärmen den anderen. Der letzte wich rückwärts vor ihr aus und stolperte über die zerfetzte Leiche eines seiner Genossen. Er kroch vor Honor davon.

Honors Kameraden schauten quasi von der Seitenlinie aus zu. „Was meint Ihr? Ist Sie vielleicht die Tochter von Chuck Norris?", fragte Julius.

„Keine Ahnung, aber sie hat's echt drauf", entgegnete Murat.

Der letzte Verbrecher kroch vor Honor weg und sie kam langsam auf ihn zu. „Bitte! Töte mich nicht! Ich ergebe mich!", flehte er.

„Ach, du willst dich ergeben! Sag ehrlich; was hättet Ihr mit den einheimischen Dorfbewohnern gemacht, wenn ich Euch nicht aufgehalten hätte? Rede!", forderte Honor.

„Wir hätten die Männer und Kinder getötet. Die Frauen hätten wir vergewaltigt und entführt. Außerdem hätten wir alles geraubt was wir kriegen können", lautete die Antwort.

„Danke für deine Ehrlichkeit. Deine Offenheit verdient eine Belohnung."

„Wirklich?", fragte der Kriminelle.

„Ja, wirklich. Eine Belohnung in Form einer Strafe", antwortete Honor, beugte sich zu ihm hinunter, griff ihm zwischen die Beine und riss ihm die Geschlechtsteile ab. Der Mistkerl brüllte vor Schmerzen und hielt sich die übel blutende Wunde. Honor stopfte ihm sein Gemächt so tief in den Mund, dass er daran erstickte. Dann ging sie zu ihrer Gruppe zurück und meinte: „Ich denke, wir sollten jetzt von hier verschwinden."

Alles Werkzeug wurde eingesammelt und die sieben Leute machten sich mit ihren Autos auf den Rückweg in die Stadt. Der blutbesudelten Honor hatte man ein paar Handtücher gegeben, die Murat zuvor in den Kofferraum gelegt hatte. „Eigentlich wollte ich die Hotelhandtücher ja als Souverniers mitnehmen, aber was soll's. Jetzt müssen sie dafür herhalten und hinterher verbrannt werden. Stichwort: Beweismittelvernichtung", entgegnete Murat darauf nur.

Wieder im Hotel duschte Honor kräftig, während Spuren verwischt wurden. Dazu zählte auch das Löschen von

Fotos und Videos, damit sie niemand mit dem Blutbad in Verbindung bringen konnte. „Professor, weiß die Uni nicht, dass Sie nach dem Rad gesucht haben?", fragte Julius während der Reinemachaktion.

„Sie wissen zwar von der Suche, aber wo genau in Griechenland ich nachforsche habe ich sicherheitshalber für mich behalten, da ich nicht wollte, dass jemand mir zuvorkommt."

„Bei 'zuvorkommt' fällt mir ein; Dr. Joneson, was wollen Sie nun mit dem Rad tun?", lautete nun Julius nächste Frage.

„Schwierige Entscheidung. Wenn wir es den griechischen Behörden übergeben, werden die Fragen wo es gefunden wurde. Und dann stoßen sie auf dieses Blutbad und es folgen weitere Fragen. Zwar haben wir, vor allem Eure Honor, in Notwehr gehandelt, aber es wird trotzdem auf viel nervige Bürokratie und Prozesse hinauslaufen. Das sollten wir vermeiden, da man nie wissen kann wie so etwas ausgeht. Besser wäre es schnell das Land zu verlassen. Vielleicht dauert es ein paar Tage bis das Schlachtfeld entdeckt wird", antwortete Dr. Joneson.

„Also wollen Sie das Rad mit in die USA nehmen?"

„Ich denke das wäre das Beste. Außerdem sollten wir noch heute zum Flughafen aufbrechen. Haben unsere Mietwagen eigentlich GPS?", fragte Joneson.

„Nein. Das sind beides ältere Modelle", meinte Murat, nachdem er aus dem Hotelfenster geschaut und nochmal einen Blick darauf geworfen hatte.

„Gut. Dann können sie uns auch nicht orten und wissen nicht, dass wir am Tatort waren", entgegnete Joneson.

„Also dann! Packt alles zusammen; wir hauen ab!", rief der Professor, nachdem Honor blitzsauber aus dem Bad kam.

Ein paar Minuten später brachen sie auf und fuhren nach Athen zurück.

*

Wieder in Griechenlands katzenreicher Hauptstadt angekommen konnte man sich leider keine Zeit für all die tollen Sehenswürdigkeiten lassen, sondern begab sich sofort nach dem Zurückgeben der Autos zum Flughafen. Dort verabschiedeten sich alle von einander, denn online hatte die Fünfergruppe einen Flug nach Deutschland gebucht, während es für Dr. Joneson und seine Patentochter zurück in die USA ging. „Also dann, alles Gute Dr. Joneson. Und passen Sie unterwegs gut auf das 'Rad der Scheiße' auf. Gepäck geht leider gerne mal verloren", meinte Julius und schüttelte Harris Joneson die Hand.

Joneson lächelte und zog mit der rechten Hand seinen Hut vor der ganzen Gruppe. Mit der linken Hand befühlte er den Beleg für eine Nachbildung des Rads in seiner Tasche. Kurz vor dem Verlassen der kleinen Ortschaft war ihm eingefallen, dass er ja noch ein nachgemachtes Rad kaufen musste, um das Orginal als Kopie getarnt nach Amerika zu schmuggeln. Die 250 Euro teure Kopie hatte er natürlich weggeworfen. Der erfahrene Forscher freute sich im Geiste, dass alles so gut geklappt hatte. Dann jedoch meldete sich seine Patentochter zu Wort: „Also wegen dem Rad muss sich keiner von Euch mehr Sorgen machen. Ich hatte vorhin mit meinem Geheimdienstfreund

🐈 🐈 🐈 🐈 🐈 🐈 🐈 🐈 🐈 🐈 🐈 🐈 🐈 🐈 🐈 🐈 🐈 🐈

telefoniert. Sein Boss wollte es plötzlich doch nicht mehr; er hat das Interesse für das antike Griechenland verloren. Er ist jetzt mit einer Frau aus Südamerika zusammen und irgendwie Fan von so komischen durchsichtigen Schädeln geworden. Außerdem hatte ich während des Telefonats das Gefühl, dass mein Agententyp nichts mehr von mir wissen möchte. Also habe ich das Rad heimlich auf dem Flughafenklo einer netten Griechen verkauft."

„Nein! Nein! Nein! Nein!", rief Dr. Joneson.

„Äh... wir gehen dann mal", meinte Professor Berger, woraufhin er und seine Truppe sich auf den Weg zum Flugzeug machten.

„So beruhig dich doch, lieber Onkel Harris. Ist doch nichts Schlimmes passiert", meinte Phoebe und drückte ihre rechte Hand tröstend auf die Schulter des Abenteurers.

„Hast du denn wenigstens einen guten Preis für das Rad bekommen?", fragte Dr. Joneson.

„Aber sicher. Die nette Griechin hat mir für das Rad diese tollen Zauberbohnen gegeben. Wenn man die einpflanzt, wächst eine Bohnenranke bis in den Himmel, sagte sie. Und dort oben soll es Riesen geben, sowie Gänse die goldene Eier legen. Was meinst du? Willst du noch ein Abenteuer mit mir erleben?", fragte Phoebe.

Während die Gruppe rund um Professor Berger wegging, vernahmen sie in der Ferne von irgendwoher mehrere Klatschgeräusche.

*

Ein paar Tage später war Dr. Harris Joneson wieder bei

seiner Frau daheim. Er war zwar nicht besonders religiös, aber er dankte Gott, dass er mit einer klugen, starken, liebenswerten Frau zusammen war und das seine Patentochter nun wieder in einer anderen Gegend ihr Unwesen trieb. Sie wollte irgendwo in Kansas die Bohnen einpflanzen, denn dort sei ihrer Meinung nach genug Platz für so eine Ranke zum wachsen. „Außerdem muss man darauf achten das keine Gebäude in der Nähe sind; falls die Ranke umfällt", hatte sie beim Abschied noch gemeint. Joneson umarmte seine Frau zur Begrüßung, wobei sein Hut verrutschte und von der Dame seines Herzens wieder gerade gerückt wurde. „Schön wieder zu Hause zu sein", sagte er in den Armen seiner Liebsten.

„Ich freue mich auch, dass du wieder daheim bist. Habe die Zeit deiner Abwesenheit genutzt und mir etwas für unseren nächsten Urlaub überlegt."

„Und wo möchtest du hin?"

„Das wird dir gefallen. Ich habe mir überlegt, dass wir nächstes Jahr das 'Deutsche Peitschenmuseum' in Killer besuchen könnten."

„Schatz, du machst Witze. Oder? Es gibt doch nicht wirklich eine Stadt namens 'Killer'?", fragte Dr. Joneson.

„Doch. Dabei handelt es sich um einem Teilort der Stadt Burladingen im Zollernalbkreis in Baden-Württemberg. Man zeigt dort die Geschichte und Herstellung von sogenannten Fahr- oder Stockpeitschen. Das 'Killertal' gibt's dort auch noch. Wegen des Ortsnamens werden da immer wieder die Ortsschilder geklaut."

„Na gut. Bin einverstanden. Nächstes Jahr verreisen wir nach Killer in Deutschland", stimmte Dr. Joneson zu und gab seiner geliebten Ehefrau einen Kuss.

*

In Berlin hingegen war man eher bedrückter Stimmung.
„War das Ganze wirklich umsonst?", fragte Julius, als er
mit seinen Freundin in der Preussenstelle zum essen saß.
„Nicht ganz. Immerhin konnte ein ganzes griechisches
Dorf vor der Vernichtung bewahrt werden. Das ist schon
etwas wert, auch wenn das 'Rad der Scheiße' am Ende weg
war", meinte der Schriftsteller.
„Auch wieder wahr", stimmte Julius zu.
„Schade nur, dass wir nicht länger in Griechenland bleiben
konnten. Wenn die Dorfbewohner erfahren hätten, dass
unsere Truppe sie gerettet hat, hätte sich bestimmt die ein
oder andere griechische Dorfschönheit äußerst dankbar
gezeigt", mutmaßte Murat.
„Tja, leider nicht zu ändern. Wir mussten schließlich
schnell weg", entgegnete der Autor.
„Und was ist mit Honor? Ihr zwei habt euch gut
verstanden und viel mit einander geredet", fragte Julius an
seinen Künstlerkumpel gewandt.
„Sie meinte wir sehen uns bestimmt mal auf einer der
vielen patriotischen Demos wieder, die wir ja beide oft
besuchen. Jetzt wo wir uns kennen werden wir uns dort
gewiss auch erkennen. Inzwischen ist sie wohl wieder bei
ihrer besten Freundin und erzählt ihr von unserem
Abenteuer", vermutete der Autor.
So war es auch. Honor war vom Flughafen aus gleich zu
Luise gefahren und hatte ihr alles erzählt. Nachdem sie
fertig war, hatte Luise nur gemeint: „Dann hast du dich in
Griechenland ja essenstechnisch gut gestärkt."

Honor nickte nur grinsend.

„Gut gestärkt?", fragte auch die Wirtin im Lokal, nachdem die drei mit dem Futtern fertig waren.

Diesmal hatte sich auch Murat den Bauch vollgeschlagen.

„Ja", lautete die Antwort aller drei gleichzeitig.

„Verhext. Jetzt schuldet Ihr mir beide jeweils eine Cola", verkündete Julius daraufhin.

„Sagt mal, habe ich vorhin richtig gehört? Ging es bei der Unterhaltung um das sogenannte 'Rad der Scheiße'?", fragte die Wirtin daraufhin interessiert.

„Wieso? Wissen Sie etwas darüber?", fragte Murat.

„Ja. Heute Morgen hieß es im Weltnetz, dass das 'Rad der Scheiße' an einen reichen Filmemacher in Hollywood verkauft wurde. Irgendeine Griechin hat das Geschäft ihres Lebens gemacht. Es soll bald eine Liveübertragung von der Präsentation des Rades in Hollywood stattfinden."

„Wann denn genau?", fragte Julius die Wirtin.

„Moment, dass müsste um ... Ortszeit ... Westküste ... USA ... hier bei uns ... ja! Genau! Ich glaube die dürfte schon angefangen haben! Soll ich meinen Laptop holen, damit wir sie uns ansehen können?"

„Klar", stimmte Julius zu, während Murat und der Autor nickten.

Die Wirtin holte den Laptop hervor, schaltete ihn ein und alle Vier versammelten sich kurz darum, während sie die entsprechende Seite aufrief. „Hier ist der Livestream", verkündete sie, stand auf und ging wieder an die Arbeit.

Im Livestream war eine junge Frau mit billiger Frisur zu sehen. Sie moderierte offenbar das ganze Theater. Neben ihr stand ein schmieriger Typ mit gegeelten Haaren, den sie als „Mr. Edward Bella Kennedy" vorstellte; nicht verwandt mit der Familie des leider ermordeten US-

Präsidenten John F. Kennedy, wie nebenbei erwähnt wurde. Edward Bella Kennedy präsentierte nun seine neueste Erwerbung. „Hier ist es! Das berühmte 'Rad der Scheiße' aus Griechenland. Man sagt, es sei eine antike Waffe, die einen ganzen Staat mit Scheiße überfluten kann. Aber das ist natürlich Blödsinn; nur ein altes Ammenmärchen. Sehen Sie, es passiert gar nichts, wenn ich hier drehe", verkündete er und aktivierte die Waffe. Ein paar Sekunden lang passierte tatsächlich nichts, nur dann flutete plötzlich jede Menge Scheiße aus der Waffe heraus und überschwemmte Edward Bella Kennedy, sodass er darin ertrank. Alle Übrigen rannten weg, Kameras und Handys fielen zu Boden und dann war der Bildschirm plötzlich völlig verdunkelt. „Oh weh", sagte der Künstler nur.

Wenig später waren die Nachrichten voll von Hubschrauberbildern die zeigten, wie ganz Hollywood in Massen von Scheiße unterging. Die US-Luftwaffe warf Bomben ab, um die Flut aufzuhalten, aber das half nicht viel. Der Präsident erwog bereits den Einsatz von Atomwaffen, als kurz nach der Vernichtung Hollywoods die Scheißeflut plötzlich abebbte und schlussendlich ganz stoppte. Wenige Stunden nach Beginn des Grauens war es auch schon wieder vorbei. „Was ist passiert? Ich dachte, dieses 'Rad der Scheiße' kann einen ganzen Staat auslöschen?", fragte Murat.

Julius überlegte kurz. Dann erkannte er: „Na klar! Gemeint ist ein Staat wie es ihn im antiken Griechenland gab und da waren viele Staaten nur einfache Stadtstaaten."

„Das erklärt es natürlich. Und was machen wir jetzt? Im Grunde sind wir schließlich wieder da angekommen wo wir neulich angefangen haben; wir sitzen hier und ich habe immer noch keinen Job bei dem ich fett Kohle scheffeln kann", meinte Murat.

„Mag sein, aber immerhin hast du viel gutes Charma gesammelt. Du hast mitgeholfen ein Dorf in Griechenland zu retten. Und dir sind diese Charmadinge ja wichtig, oder?", fragte der Autor.

„Das ist wahr", stimmte Murat zu.

„Und wurden wir nicht alle durch den Anblick eines linksliberalen Hollywoods belohnt, welches in Scheiße ersoffen ist?"

„Auch wieder wahr."

„Und haben sich die Möglichkeiten einer Widerwahl Donald Trumps zum US-Präsidenten ohne das linkslinke Hollywood deutlich erhöht?"

„Könnte sein. Aber weißt du was?", fragte Murat.

„Was denn?", antwortete der Autor mit einer Gegenfrage.

„Ich brauche nach all dem dringend ein Bier. Wirtin! Ein Bier bitte!"

„Kommt sofort!", rief die Wirtin.

„Na dann prost", entgegnete der Schriftsteller.

Ende

Ein Entzug in Essen

Nach ihrem kleinen Abenteuer in Griechenland war Honor Blood wieder zu ihrer Mitbewohnerin und besten Freundin Luise in die Leuthenerstraße 5, zweite Etage zurückgekehrt. Nachdem sie sich gemeinsam ein paar Blutkonserven aus dem Kühlschrank gegönnt hatten, berichtete Honor ihr von der Mission in der Wiege des Abendlands.

„Dann hast du dich in Griechenland ja essenstechnisch gut gestärkt", stellte Luise am Ende von Honors Erzählung fest.

Honor nickte nur grinsend. „Trotzdem hast du eben wieder zwei Beutel leergetrunken."

„Warum nicht? Man gönnt sich ja sonst nichts."

„Gut, es war ja auch eine lange Rückreise."

„Na siehst du. So. Und jetzt überprüfe ich mal meine E-Mails", beschloss Honor, stand auf und ging im Wohnzimmer an den Laptop.

Dort löschte sie dann eine Spam-Nachricht nach der anderen. Luise blickte ihr über die Schulter. „Sag mal, wie kommt es, dass du im normalen Postfach so viele Spammails hast?", fragte sie nach ein paar Minuten.

„Bin während der Griechenlandreise nicht zum checken der Mails gekommen."

„Das dachte ich mir schon, aber selbst dafür ist es ganz schön viel", meinte Luise.

„Ich bekomme viel Spam, weil ich meine Mailadresse zum Anmelden verschiedener Webseiten benutzt habe. Einige der Seiten haben meine Adresse wahrscheinlich zusammen mit tausenden Anderen verkauft und von den

Käufern erhalte ich nun Spam."

„Das müssen dann aber sehr fragwürdige Webseiten gewesen sein. Hast du dich etwa bei Pornoportalen angemeldet?"

„Unsinn! Ich bin eine Frau; die meisten von uns brauchen sowas nicht. Wir müssen zu den Männern nur ein Wort sagen: 'Ja'. Und wenn die Männer zu schüchtern sind, fragen wir sie einfach. Aber selbst als Kerl würde ich mich nie bei solchen Seiten anmelden; die ziehen einem das Geld aus der Tasche. Im Grunde ist das wie wenn man Kohle bezahlt, um sich Wolken am Himmel anzuschauen. Wieso für etwas Geld ausgeben, was man auch umsonst haben kann. Es ist mir ein Rätsel, wie so viele Frauen nicht gerade wenig Geld damit verdienen, dass sie im Internet Dinge für Männer machen, welche sich dieselben Männer anderswo auch kostenlos ansehen könnten. Haben diese Typen alle zu viel Geld?", fragte Honor.

„Na ja, diese Typen haben wahrscheinlich fast alle keine Freundin, also ist es logisch, dass sie viel Geld haben", entgegnete Luise.

„Als ich mit dem kopflosen Reiter zusammen war, habe ich ihn aber kein Geld gekostet."

„Schon, aber du legst auch keinen Wert auf besondere Geschenke."

„Ja, ich bin eher bescheiden. Aber wenn er mir einen Vergewaltiger zum Mittagessen gebracht hat, habe ich mich natürlich sehr gefreut. Manchmal hat er die Beute für mich sogar an einem Baum aufgehängt, geköpft, ausbluten lassen und das Blut dann mit erbeutetem Alkohol gekocht, sodass es schön warm war. Besonders im Winter war das sehr romantisch; erst recht wenn etwas Blut daneben ging und im Schnee landete."

„Trotzdem habt Ihr euch später wieder getrennt."

„Wir haben uns einfach zu oft gestritten und geprügelt. Aber wir hatten auch schöne Zeiten", schwärmte Honor.

„Gut, aber was ist jetzt mit den E-Mails?"

„Ach die. Ich hatte mich einige Zeit vor dem Urlaub auf verschiedenen Vampirseiten angemeldet. Die meisten sind jedoch totaler Schund. Lediglich eine Webseite schien seriöser zu sein. In langen Onlinegesprächen gelang es mir nach und nach herauszufinden wer ein echter Vampir ist und wer nicht. Das war gar nicht so einfach; manche Spinner, die sich für Vampire halten, haben echt gute historische Kenntnisse vorzuweisen."

„Ist das nicht gefährlich? Was wenn die Regierungen der Welt herausfinden, dass es Vampire gibt?", fragte Luise.

„Weißt du, die Regierung des BRD-Staats hat erst vor Kurzem herausgefunden, dass Juden in Deutschland nicht mehr sicher sind. Etwas was jeder Durchschnittsbürger seit Jahren weiß. Für viele Politiker gilt: 'Es kann nicht sein, was nicht sein darf'. Bis die mal merken, dass es Vampire wirklich gibt, leben wir längst in einer Kolonie auf dem Mars."

Honor löschte noch weitere zehn Spam-Nachricht und bemerkte dann: „Ach sieh mal; hier ist tatsächlich eine Mail, die keine Spam ist. Sie ist von Paulina aus Essen. Wenn meine Nachforschungen korrekt sind, ist sie ebenso eine Vampirin wie wir. Oder aber sie ist die beste Lügnerin aller Zeiten und sollte dringend in die Politik gehen."

„Was schreibt sie denn?", fragte Luise.

Honor öffnete die Mail.

Liebe Honor,
ich habe derzeit große Probleme mit meiner Tochter. Sie

will einfach nicht auf mich hören und steckt in großen Schwierigkeiten. Auf ihre beste Freundin hört sie auch nicht. Könntest du und am besten noch jemand mit deinen Talenten zu mir nach Essen kommen? Ich könnte wirklich etwas Hinfe gebrauchen.
Liebe Grüße
Paulina

„Sie hat 'Hinfe' statt 'Hilfe' geschrieben", stellte Luise fest. „Die Lage muss wirklich ernst sein. Sonst achtet sie immer auf korrekte Rechtschreibung. Was meinst du, Luise? Magst du mit mir nach Essen kommen und schauen was da so los ist?"

„Na ja, ich habe schon ein bisschen ein schlechtes Gewissen, weil ich in Griechenland nicht dabei war. Trotzdem; ich muss doch eigentlich arbeiten."

„Deine Mutter ist doch derzeit arbeitslos. Meinst du, sie würden es merken, wenn sie einfach mal ein paar Tage für dich hingeht?"

„Natürlich. Mama hat zwar dieselbe Haarfarbe wie ich und auch in etwa dieselbe Größe, aber eine andere Stimme und selbstverständlich auch ein anderes Gesicht."

„Aber was wäre wenn sie eine dieser meiner Meinung nach eher wenig hilfreichen FFP2-Masken bei der Arbeit trägt? Dazu noch die Krankenschwesternkluft und keiner merkt es?", überlegte Honor.

„So wie bei dem Sprichwort: 'Die Kutte macht den Priester'? Peppone hat man am Ende von 'Genosse Don Camillo' ja auch den Priester abgekauft."

„Ich weiß, wir haben die Filme zusammen gesehen. Wenn es bei Peppone geklappt hat, warum nicht auch bei deiner Mutter?"

„Tja, keine Ahnung? Vielleicht weil die Leute im Krankenhaus nicht komplett blöd sind?", wandte Luise ein.

„Blöd nicht, aber unterbezahlt und überlastet. Deine Mutter muss sich nur so viel wie möglich von ihren Kollegen fernhalten. Wenn sie zwischendurch Fragen hat, ruft sie dich per Telefon an. Was meinst du?"

Luise überlegte. „Komm schon", drängte Honor mit liebenswürdiger Stimme.

„Na gut", gab Luise nach.

„Super. Dann antworte ich Paulina, dass wir nach Essen fahren."

„Und ich gehe kurz zu Mama. Ist immer wieder von Vorteil, dass wir im selben Haus wohnen", entgegnete Luise und machte sich auf den Weg.

*

Kurze Zeit später befanden sich Honor und Luise in einem Regionalzug, der sie erstmal raus aus Berlin brachte. Was genau sie für Probleme mit ihrer Tochter hatte, wollte Paulina sicherheitshalber nicht per Mail besprechen; man konnte ja nie wissen wer mit las. Einerseits war sie im Netz sehr vorsichtig, andererseits wollte sie unbedingt andere Vampire kennenlernen und sich austauschen. Honor war da weniger vorsichtig, aber trotzdem stets wachsam und kampfbereit. Würde sie wie in dem Film „Wir sind die Nacht" eines Tages Besuch von einer schwer bewaffneten Spezialeinheit bekommen, stünde der Elitetruppe eine ähnlich böse Überraschung bevor; jedoch wesentlich blutiger und gnadenloser. Nur hätten die Spezialkräfte, anders als in dem Film, nicht einmal den Vorteil des Tageslichts, da in dieser unserer Welt Vampire kein großes Problem mit der Sonne haben.

Der erste Regionalzug kam immerhin einigermaßen pünktlich. Zwar mussten sie in Magdeburg umsteigen und dort eine halbe Stunde warten, aber die Zeit schlugen sie einfach in einer Zeitschriftenbuchhandlung tot. „Sieh mal Luise, ein paar Landser-Hefte", bemerkte Honor und hielt eines der Hefte in der Hand.

„Heißen die jetzt nicht irgendwie „Weltkrieg?"

„Richtig. Ist ja eine neue Reihe. Ah, da drüben haben sie auch ein paar Vampirromane."

Honor ging hin. „Oh nein. Schon wieder solche Schnulzen. Warum können in diesen Geschichten nicht einfach eine Menge Leute abgeschlachtet werden und gut ist? Stattdessen nerven sie uns überall mit Abklatschen von diesem Mist rund um Werwölfe und Vampire, die ihre Hemden alle fünf Minuten ausziehen, weil das in ihrem Arbeitsvertrag steht. Warum bringen sie nicht mal eine Buchversion von 'Scream Queens'; die Serie war wenigstens lustig, es wurden Leute gekillt und am Ende der zugegeben etwas schwächeren zweiten Staffel haben sie den Werwolfschauspieler umgelegt, woraufhin ich gejubelt habe."

„Aber jetzt wirkst du etwas enttäuscht", stellte Luise fest.

„Natürlich. Ich dachte erst: 'Oh. Super. Vampirbücher.' Und dann sind es wieder so blöde Liebesgeschichten."

„Eine Liebesgeschichte kann doch auch schön sein."

„Ja, aber nicht andauernd. Das wäre wie jeden Tag Pizza essen. Na komm, wir haben noch Zeit. Wir schauen uns ein wenig die Gegend vor dem Bahnhof an", entschied

Honor.

„Na gut."

Also machten sie sich kurz auf den Weg. Die Bahnhofsumgebung bot jedoch nicht viel. Auf der einen Seite gab es ein Hotel, bei dem man für's Klo Eintritt bezahlen musste und auf der Anderen ein überteuertes Einkaufszentrum. „Ich würde mir gerne den Magdeburger Reiter ansehen, aber ich schätze mal dafür ist keine Zeit", meinte Luise.

„Leider nein."

Da klingelte Luises Handy. Am anderen Ende der Leitung war ihre Mutter. „Luise, Kindchen. Ich hätte da mal eine Frage."

„Was denn Mama?"

„Da ist dieser eine Kollege, der baggert mich andauernd an. Er scheint auch nicht zu merken, dass ich nicht du bin, aber er schaut auch nicht wirklich auf mein Gesicht wenn du verstehst was ich meine. Wie gehst du für gewöhnlich mit ihm um?"

„Wenn er mir zu sehr auf die Nerven geht und gerade keine Zeugen in der Nähe sind, trete ich ihm einmal kräftig in die Eier", antwortete Luise.

„Aber kriegst du dann nicht Ärger?", fragte ihre Mutter.

„Bisher noch nicht. Ich glaube ja, der Typ steht drauf. Also tritt kräftig zu."

„Danke dir. Hab dich lieb."

„Ich dich auch. Gott segne und beschütze dich, Mama."

„Dich auch. Viel Erfolg bei eurer Mission."

Luises Mutter legte auf. Kurze Zeit später stiegen sie in ihren Zug um und fuhren weiter in Richtung Westen. Sie fuhren dabei auch am schönen Königslutter vorbei, wo ein altehrwürdiger Kaiserdom steht.

*

Spät am Abend kamen sie in Essen an. Honor schaute sich um und bemerkte eine junge Frau, die ein Schild hochhielt auf dem „Honor" stand. „Ich lehne mich mal weit aus dem Fenster und behaupte, dass da drüben ist Paulina", meinte sie an Luise gewandt.

Sie begrüßten die schwarzhaarige Dame und Paulina fragte, ob Honor Hunger habe? „Könnte ein Schlückchen vertragen", antwortete die blonde Vampirin.

„Gut, da drüben auf dem Damen-WC lungert so ein Typ herum. Hat hier in der Gegend schon zwei Frauen vergewaltigt, wurde aber beide Male wieder auf freien Fuß gesetzt, weil er angeblich schuldunfähig ist, eine schwere Kindheit hatte ... bla bla bla. Du weißt ja wie es läuft; hätte er einen hochrangigen Politiker beleidigt, hätte er richtig Ärger gekriegt; aber seine Opfer sind ja bloß zwei indigene Frauen."

„Leben die beiden Frauen noch?", fragte Luise.

„Ja. Hätte er sie ermordet, hätten sie ihn bestimmt eingesperrt. In eine Klapsmühle. Dort hätte er dann inzwischen Freigang bekommen und wieder zugeschlagen. Also was ist, Honor? Wenn du ihn dir nicht schnappst, mache ich es."

„In Ordnung. Hast du auch Durst, Luise?"

„Habe im Zug eine Konserve getrunken."

Also ging Honor alleine los. *Und der Typ lungert einfach auf dem Klo hier herum, während der Sicherheitsdienst pennt. Ach nein, die pennen ja nicht. Die 'arbeiten',* stellte

Honor auf dem Weg zum Klo fest, als sie an drei Uniformierten vorbeiging, die gerade eine alte Oma abführten.

„Aber ich habe doch eine Fahrkarte für die Stadt Essen", beklagte sich die alte einheimische Frau.

„Schon, aber Sie haben keine Kundenkarte", antwortete der Uniformierte.

„Aber woher sollte ich wissen, dass ich plötzlich eine Kundenkarte brauche?", fragte die Großmutter.

„Das sollte doch allgemein bekannt sein", lautete die Antwort.

„Und wenn ich jetzt eine Kundenkarte beantrage?"

„Das würde dann ein paar Wochen dauern, bis sie bei ihnen ankommt. Und im nächsten Jahr ändern wir dieses System vielleicht wieder, sodass Sie eine Neue benötigen."

„Aber das ist nicht fair! Wie soll jemand in meinem Alter mit dieser ganzen Bürokratie zu Recht kommen."

„Tja, Sie müssen mit einem Smartphone ein Foto von sich machen, dass mit ihrem eingescannten Personalausweis und einigen anderen Dokumenten hochladen, auf unserer Webseite ein Formular ausfüllen, die hochgeladenen Dokumente formatieren, sodass sie zu unserer Webseite passen und nach ein paar Wochen bekommen Sie ..."

„Passierschein A38", murmelte Honor.

„Was?!", fragte der eine, überhebliche Uniformierte daraufhin an Honor gewandt.

„Äh ... ich will Sie ja nicht weiter stören, aber auf dem Damenklo treibt ein Typ sein Unwesen, der wohl auch schon zweimal Frauen vergewaltigt hat", entgegnete Honor daraufhin spontan.

Die zwei Uniformierten rechts und links der Oma lachten.

Der Dritte, der bisher als Einziger gesprochen hatte, sagte daraufhin: „So ein Unsinn! Das sagen Sie doch jetzt nur, weil Sie der alten Frau hier helfen wollen zu entwischen."

„Der Typ im Damenklo schmiert außerdem AfD-Parolen an die Wände", fügte Honor daraufhin hinzu.

„Was?! Also das ist ja eine Unverschämtheit. Den schnappe ich mir. Ihr zwei wartet hier mit der Alten."

Die beiden Angestellten neben der Oma standen stramm.

Der Typ ging mit Honor auf das Damenklo, wo sie ihn sogleich mit einem Schlag ins Reich der Träume schickte. Dann versteckte sie ihn in einer der Kabinen und suchte die anderen ab. In der Letzten stand ein Typ und war dabei ein Loch in eine der Klowände zu bohren. „Hallo", sagte Honor zuckersüß zu ihm.

„Hey, willst du ein paar Drogen kaufen? Oder etwas anderes?", fragte der Typ und fasste sich in den Schritt.

„Etwas anderes. Ich kaufe das hier", antwortete Honor und riss ihm so schnell das Herz heraus, dass er nicht einmal dazu kam zu schreien.

Sie hielt sich sein Herz über den Mund, presste es einmal schön aus und trank etwas. Dann nahm sie das Herz mit in die Kabine zu dem uniformierten Typen, zog den Kerl zum toten Vergewaltiger und legte dem Bewusstlosen das Herz in die Hand. Anschließend wusch sie sich schnell das Blut ab und ging wieder nach draußen. An die beiden Angestellten gewandt sagte sie: „Ihr Kollege schickt mich. Ich glaube, er wird mit diesem AfD-Unterstützer nicht alleine fertig. Besser Sie beeilen sich."

Die beiden wandten sich von der Oma ab und liefen los.

„Schnell, verduften Sie", flüsterte Honor der alten Frau zu.

„Vergelt's Gott", entgegnete diese, lächelte und machte sich davon.

Honor ging wieder zu Luise und Paulina zurück. „Wir können gehen", sagte sie.

„Hast dir in Essen was zu Essen gegönnt", stellte Luise in Form eines Antiwitzes fest.

„Ja, war ganz lecker", bemerkte Honor daraufhin kurz und knapp.

Raschen Schrittes verließen sie den Bahnhof. Ein paar Straßen entfernt parkte ein schwarzer PKW. „Das ist meiner", entgegnete Paulina ein wenig stolz.

Doch dann bemerkte sie, dass etwas nicht stimmte. „Aber was ...?"

„Sie sind eine Schande! Autofahren ist umweltschädlich!", rief eine Jugendliche, die sich offensichtlich an Paulinas Wagen festgeklebt hatte.

„Ach das haben wir gleich", meinte Honor gelassen, ging zu der Kleberin hin und riss sie vom Wagen los.

Diese brüllte vor Schmerzen und hielt sich die blutende Wunde, wo vorher ihre rechte Hand gewesen war. „Ihr Faschisten! Das ist schwere Körperverletzung!"

Honor riss die Hand nun auch noch vom Wagen ab und warf sie ihr hin. „Hier. Wenn du rechtzeitig ins Krankenhaus kommst, kann man sie vielleicht wieder annähen", sagte sie eiskalt zu der Kleberin.

„Die Krankenhäuser sind doch völlig überlastet", jammerte diese.

„Wieso? Euren politischen Vordenkern zufolge sind doch seit 2015 Millionen Ärzte, Anwälte und Akademiker ins Land gekommen? Wie können da die Krankenhäuser überfordert sein? Bei all den zusätzlichen Ärzten?"

„Ihr Monster! In der Hölle sollt Ihr schmoren!", schrie die Kleberin.

„In der Hölle war ich schon; dabei wurde sie in die Luft

gejagt!", lautete Honors Antwort.

„Ich zeige Euch bei der Polizei an!", schrie die Jugendliche nun.

„Jetzt reicht's mir aber. Ich hätte bis eben noch dein Leben verschont, weil du noch jung und dumm bist. Aber sowas wie dich lasse ich hier nicht länger in meinem neuen Vaterland herumlaufen. Ich kam meiner besten Freundin zuliebe aus Amerika hierher, nachdem ich vor Ewigkeiten das schöne Rumänien verlassen habe. Ich war schon in vielen großartigen, ruhmreichen Nationen und nie habe ich es geduldet, dass sich dort Leute wie du mir gegenüber respektlos verhalten. Leute wie du sind die dümmsten Ausgeburten eines Volkes. Sich für eine politische Sache einzusetzen ist eine Sache, aber wie kann man so übertrieben verblödet sein, jemandem der einem die Hand problemlos abreißen kann Beleidigungen entgegenzuwerfen und ihm auch noch mit der Polizei zu drohen? Wie dumm kann man sein? Wie wenig Überlebensinstinkt kann man haben? Ich dachte, Ihr wäret gegen das Aussterben? Warum setzt Ihr euch dann nicht gegen das Aussterben eures eigenen, eures deutschen Volkes ein?"

„Das deutsche Volk ist doch mit schuld am Klimawandel. Es ist sogar der Hauptschuldige. Deswegen will ich auch das die Deutschen aussterben und werde selbst keine Kinder bekommen", sagte die Kleberin, während sie sich immer noch die blutende Wunde hielt.

„Deutschland produziert nicht einmal zwei Prozent des angeblich klimaschädlichen CO_2. Rotchina und die USA sind hingegen Spitzenreiter und geben einen Fick auf das Pariser Klimaabkommen. Die ganze Welt lacht über Deutschland, weil es diesen Klimaunsinn mitmacht und die Politiker hier die eigene Wirtschaft an die Wand fahren. Gott allein weiß welche Interessen da wirklich hinter stecken, dass die immer wieder Entscheidungen zu Ungunsten der Einheimischen treffen?! Selbst das hamasfreundliche Mädchen in Schweden hat sich sogar für Atomkraft ausgesprochen, weil es besser für die Energiegewinnung sei als die fossilen Energien. Was sagst du dazu?", fragte Honor.

„Da hat sie eben mal falsch gelegen", antwortete die Klimagöre.

„Warum glauben du und deinesgleichen eigentlich, sie hätten die Weisheit mit Löffeln gefressen?"

Daraufhin laberte die Klimagöre Honor gefühlt eine Stunde lang mit irgendeinem Schwachsinn voll, den wir hier nicht wiedergeben möchten, um die Augen der Leser zu schonen. Die Kleberin beendete ihren Vortrag mit den Worten: „Darum wissen wir es besser als alle Generationen vor uns. Wir sind die Größten, die Klügsten und die Ein-... die Ein-... die Einzigen, die die Welt noch retten können ... Wir müssen."

Dann fiel sie um und war tot. Honor beugte sich zu ihr hinab. „Verblutet. Hat uns dermaßen vollgelabert, dass sie es nicht einmal gemerkt hat. Tja, na ja. Ich denke, ich weiß was zu tun ist."

Honor nahm den linken Zeigefinger der Klimagöre, tunkte ihn in die Blutlache und schrieb auf den Boden: „Selbstmord für's Klima."

Dann überlegte sie kurz und fügte hinzu: „Und gegen Rechts."

Anschließend stieg sie mit Luise und Paulina in den Wagen. Rasch fuhren sie los. „Ich hab das Gefühl, als ob Stunden vergangen sind", meinte Luise.

„Wir haben höchstens zehn Minuten bei der Ziege gestanden", stellte Paulina nach einem Blick auf die Uhr fest.

An ihnen fuhr ein Polizeiwagen vorbei. „Meinst du, die kommen wegen der Kleberin?", fragte Luise.

„Nein, bestimmt eher wegen der Leiche auf dem Klo im Bahnhof. Keine Sorge; habe den Mord einem der Angestellten angehängt", entgegnete Honor.

„Dafür das dort ein Mord passiert ist, sind die dann aber ganz schön langsam gewesen", bemerkte Luise.

„Vielleicht hing der Anruf in der Warteschleife. Oder sie standen im Stau. Wer weiß? Zeit ist sowieso relativ. Ich meine, wenn jemand in Berlin auf die U-Bahn wartet und die Anzeige zeigt an, der Zug käme in einer Minute, während auf der Uhr neben der Anzeige zehn Minuten vergehen; wie viele Minuten hat man dann auf den Zug gewartet?"

„Da es eine Berliner U-Bahn ist, kann man gerne auch mal von zwanzig Minuten ausgehen", antwortete Luise ihrer besten Freundin.

„Schon komisch, dabei stehen die nicht einmal im Stau oder so. Außer den U-Bahnen und vielleicht mal irgendwelchen Technikern oder Reinigungskräften auf Spezialwagen fährt doch keiner da unten lang. Trotzdem kriegen die es nicht auf die Reihe", murrte Honor.

„Das ist hier bei uns in Essen auch nicht anders", meldete sich Paulina zu Wort, während sie mit dem Wagen um eine Ecke bog.

„Wohl nicht zuletzt deswegen hast du ein Auto."

„Klar. Für irgendwas muss ich die Beute von meinen Opfern ja ausgeben."

„Ach verdammt! Ich habe vergessen den Toten die

Brieftaschen zu klauen", fluchte Honor und schlug sich mit der flachen Hand an die Stirn.

„Passiert. Wir mussten sowieso so schnell wie möglich weg, weswegen ich auch etwas besorgt war, als du die Kleberin reden und reden gelassen hast", meinte Luise.

„Na ja, was soll's. Es gibt immer ein nächstes Mal. Also, Paulina. Weswegen benötigst du unsere Hilfe?", fragte Honor.

„Meine Tochter Lenina ist drogensüchtig."

„Dein Ernst? Du hast deine Tochter Lenina genannt? Kein Wunder, dass sie drogensüchtig geworden ist", meinte Honor.

„Hey, das ist gemein. Ich habe sie nach der Figur von Sandra Bullock in 'Demolition Man' benannt. Ich bekam Lenina kurz bevor ich in einen Vampir verwandelt wurde. Als sie 16 wurde, bekam sie dieses Coronavirus und ich hatte so Angst um sie, dass ich sie in eine Vampirin verwandelt habe."

„Immer noch besser als die Impfungen", murmelte Luise. Honor nickte. Paulina fuhr fort: „Auf jeden Fall zieht sie seit einigen Wochen jede Nacht los und saugt irgendwelche Drogensüchtigen aus. Dann kommt sie völlig berauscht zurück. Sie geht nicht einmal mehr zur Schule."

„Das mit der Schule ist doch kein Problem. Dort lernt man sowieso nichts; man wird lediglich geistig-moralisch indoktriniert und gebrochen, sodass man ein folgsamer Sklave des Systems wird", entgegnete Honor.

„Vielleicht, aber man lernt auch gleichzeitig Leute der eigenen Generation kennen", wandte Paulina ein.

„Leute wie die Klimagöre von vorhin?", fragte Honor.

„Eventuell auch, aber Paulina hat in der Schule eine beste

Freundin gefunden. Eine Deutschiranerin namens Selina."

„Selina, Lenina, Paulina? Ist es in Essen normal, dass man allen Frauen Namen gibt, die auf 'Na' enden?", fragte Luise.

„Nein, das ist nur Zufall", meinte Paulina.

Oder der Autor war ein bisschen faul und hielt das für kreativ, dachte Honor.

„Weiß Selina, dass Ihr Vampire seid?", fragte Luise.

„Keine Ahnung wie sie es herausgefunden hat, aber ja. Sie weiß es. Und sie macht sich ebenfalls große Sorgen um Lenina. Meine Tochter meinte einmal im Rausch, Selina hätte Zauberkräfte."

„Ah, eine Magierin. Das erklärt, wieso sie es bemerkt hat. Normalerweise wollen viele Menschen gar nicht wissen, dass es Vampire gibt. Und darum ignorieren sie unterbewusst alle Hinweise auf uns; blenden sie aus, schieben sie auf ihre Einbildungskraft oder finden andere Erklärungen. Ich kann es ihnen nicht verübeln; es gibt auch einige Dinge, über die ich lieber nicht bescheid wüsste. Aber gut; Lenina hat also ein Drogenproblem. Sie saugt Süchtige aus. Was macht sie mit den Leichen?"

„Honor, seit wann interessiert dich das? Ich habe es im Laufe unserer Freundschaft gefühlt eine Millionen Mal erlebt, dass du deine Opfer einfach so hast herumliegen lassen", fiel Luise ein.

„Nun schau nicht so vorwurfsvoll, liebe Luise. Die waren doch oft so zerfetzt, dass man ihnen nicht ansehen konnte, dass sie von Vampiren umgelegt wurden. Aber wie ist das bei den Opfern von Lenina? Saugt sie die einfach aus und lässt sie liegen?", fragte Honor.

„Nein, sie schmeißt sie in den nächsten Fluss oder Kanal. Je nachdem was gerade in der Nähe ist. Essen gehört ja zum Ruhrgebiet und hier gibt es schon ein paar nützliche Wasserstraßen. Immerhin war das hier mal die Rüstungsschmiede des deutschen Kaiserreichs; alles Mögliche wurde über Wasser und über Land von A nach B transportiert", erklärte Paulina.

„Also gut. Immerhin werden die Morde ein wenig vertuscht. Und was möchstes du jetzt, dass wir für deine Tochter tun?", fragte Honor.

„Ich könnte Hilfe dabei brauchen, sie bei mir im Keller einzusperren und einen Entzug bei ihr durchzuführen. Ich will versuchen dafür zu sorgen, dass sie von dem Drogensüchtigenblut runterkommt."

„Tja, wir Vampire haben ziemlich gute Selbstheilungskräfte. Es ist verdammt schwer uns zu töten. Ich bin schon seit einigen Jahrhunderten auf dieser Welt und erst einem Menschen begegnet, der tatsächlich mal einen Vampir gekillt hat."

„Und wer war das?", fragte Paulina.

„General Robert E. Lee. Ein echter Ehrenmann. Aber das tut hier im Moment nichts zur Sache. Wichtig ist, dass wir deine Tochter eine Weile vom Junkieblut fernhalten; dann erholt sich ihr Körper wieder und sie kommt von dem Stoff runter. Ich selbst habe bestimmt auch schon das ein oder andere Mal jemanden ausgesaugt, der auch Drogen genommen hat. Vielleicht habe ich es deswegen nicht einmal bemerkt, weil ich schon lange eine Vampirin bin; aber ist ja auch egal. Hier geht es schließlich um deine Tochter. Wir halten sie einfach eine Weile im Keller gefangen, versorgen sie mit normalem Menschenblut und dann wird das schon wieder", meinte Honor zuversichtlich.

„Danke", bedankte sich Paulina.

„Kein Problem."

„Vielleicht würde sie ja irgendwann von selbst wieder von dem Zeug loskommen, aber je eher desto besser", mutmaßte Paulina.

„Kann sein. Auf alle Fälle dürfte ihr bisheriges Treiben keine bleibenden Schäden bei ihr hinterlassen. Wie gesagt; Selbstheilungskräfte."

*

Etwa eine Stunde später kamen sie bei Paulinas Haus an. Es war ein schönes, kleines, zweistöckiges Einfamilienhaus. „Eine schöne Gegend", stellte Luise beim Aussteigen fest.

„Ja, aber die Nachbarn sind mir manchmal ein wenig zu neugierig", meinte Paulina.

„Dann lad sie auf einen Drink ein. Und wenn sie zu nervig sind, sind sie eben der Drink", entgegnete Honor.

„Du stellst dir das Ganze immer so einfach vor. Und was wird dann aus den Leichen?", fragte Paulina.

„Verarbeite sie zu Wurst und verkauf die Wurst kostengünstig an die übrigen neugierigen Nachbarn. Und die Skelette schenkst du anonym einer öffentlichen Schule für den Biologieunterricht."

Paulina schien ernsthaft darüber nachzudenken, sagte dann jedoch: „Kümmern wir uns erstmal um meine Tochter."

„Gut. Sehen wir uns den Keller an", entschied Honor. Paulina führte sie hinunter und Honor meinte: „Ja, damit kann man arbeiten."

Dabei imitierte sie einen österreichischen Akzent, was

Luise an den „Er-ist-wieder-da"-Film erinnerte. Die junge Patriotin musste lachen. „Was ist? Habe ich einen Witz verpasst?", fragte Paulina.

„Ach, Honor hat mich eben nur an Adolf aus dem Film 'Er ist wieder da' erinnert. Natürlich haben sie das Buch propagandagerecht verfilmt und dabei versucht die patriotischen Bewegungen nicht nur in Deutschland, sondern in ganz Europa zu diskriditieren. So als ob man den Judenfreund und Israelliebhaber Geert Wilders in eine Reihe mit Hitler stellen könnte. Ich glaube für's Fernsehen haben sie die Szene dann auch rausgeschnitten. Ist sowieso Unsinn, die heutige Rechte mit Hitler gleichzusetzen. Oder mit dem Faschismus. Aber das haben die Linken ja schon früher so gemacht; wie oft wurden Don Camillo und seine Leute von Peppone und dessen Lager als 'Faschisten' oder Ähnliches beschimpft, obwohl es nicht stimmt. Der Unterschied ist, dass diese absurden Vorwürfe heutzutage auf fruchtbaren Boden fallen und man der zum Teil sogar übertrieben judenfreundlichen neuen Rechten eine Nähe zu Hitler unterstellt, während Hitler und auch Himmler hingegen einer ganz anderen Religion den Vorzug gaben und zumindest auf dem Balkan aus den Angehörigen dieser Religion sogar Waffen-SS-Divisionen aufstellten. Da ist es halt irgendwie dumm den Wilders, der den Islam nicht mag aber dafür das Judentum mit Leuten gleichzusetzen, die den Islam mochten aber das Judentum hassten."

„Das ist sicherlich sehr interessant, wird uns aber nicht helfen meine Tochter clean zu kriegen", meinte Paulina.

„Richtig, aber irgendwas wird sie hier unten machen müssen, während wir sie hier gefangen halten. Also muss auf jeden Fall ein Laptop hier runter, damit wir Filme

schauen können. Geht das Internet auch im Keller?",
fragte Honor.

„Ja."

„Sehr gut. Dann können wir uns ein paar ganz besondere
Filme anschauen, die im Fernsehen nie gezeigt werden."

„Meinst du etwa die Filme, die uns unsere 'Freunde und
Befreier' 1945 verboten haben?", fragte Luise gespannt.

„Aber nein. Solche Filme darf man sich doch nicht
anschauen. So etwas würde ich doch nie tun", sagte Honor
mit Unschuldsstimme und fügte noch unschuldiger hinzu:
„Das ist doch böse und du weißt doch was für ein guter,
netter Vampir ich bin."

„Ja, klar", entgegnete Luise und verkniff sich ein Lachen.

„Wo ist eigentlich Lenina?", fragte Honor nun.

„Keine Ahnung. Sie erzählt mir in letzter Zeit viel zu
wenig."

„Vielleicht können wir uns irgendwo im Netz 'Das Leben
stinkt' von und mit Mel Brooks anschauen. Den habe ich
schon ewig nicht mehr gesehen und der lief auch schon
lange nicht mehr im Fernsehen", fiel Luise ein.

„Jetzt wo du es sagst, 'Die verrückte Geschichte der Welt',
'Mel Brooks Frankenstein' und 'Mel Brooks Dracula' liefen
auch schon lange nicht mehr. Was ist da los? Da machen
die Machthaber in Politik und Medien immer einen auf
judenfreundlich und dann enthalten die uns lauter Mel-
Brooks-Filme vor. Und diese israelische Vampirserie,
deren Name mir gerade entfallen ist, ja, die lief glaube ich
auch noch nicht im deutschen Fernsehen."

„Honor, das Fernsehen bei uns würde ich nicht gerade als
'deutsch' bezeichnen. Im Übrigen wird bei den Mächtigen
vor allem so getan als ob sie judenfreundlich wären. In
Wahrheit mögen sie die Juden genau so gerne wie die

Deutschen; also überhaupt nicht. Das sieht man auch an ihrer Politik und an deren Folgen sowohl für Juden als auch für Deutsche. Und erst recht für deutsche Juden. Aber auf jeden Fall suche ich nach 'Das Leben stinkt', sobald wir hier unten Lenina unter Kontrolle haben."

„Mädels, könnten wir damit wieder zum Thema zurückkommen? Meine Tochter", bat Paulina.

„Ja, aber deine Tochter ist zur Zeit nicht da. Was sollen wir denn deiner Meinung nach tun? Sie suchen? Oder warten bis sie wieder hier ist? Ich wäre für Letzteres. Und so lange wir auf sie warten, gibt es nicht viel was es über sie noch zu besprechen gäbe. Sie braucht einen Entzug, wir kümmern uns darum. Das wird schwierig genug, ohne dass wir es groß zerreden. Will sie beim Entzug abhauen, kloppe ich sie zurück in den Keller. Was sollen wir da noch im Detail durchgehen? Willst du eine schriftliche Zeichnung von mir, wie ich ihr bei Fluchtversuchen die Beine breche? Wohl kaum", meinte Honor.

„Meine Güte, du kannst aber ganz schön fies sein", stellte Paulina fest.

„Ich und fies? Kameradin, ich bin hier damit es deiner Tochter und infolgedessen auch dir wieder gut geht. Ich würde nicht sagen, dass das fies ist."

„Ja, stimmt schon. Entschuldige", lenkte Paulina ein.

„Schon gut, du stehst ja auch unter ziemlichem Stress mit deiner Kleinen. Aber warten wir mal ab, bis sie wieder daheim aufschlägt."

*

Sehr spät in der Nacht tauchte Lenina wieder zu Hause auf. „Was geht, Mom?! Wer sind deine Bitches?", fragte sie und wankte dabei ins Wohnzimmer im Erdgeschoss. Honor fackelte nicht lange, packte Lenina mit der rechten Hand und schlug ihr mit der Linken auf den Kopf. Luise brauchte ungefähr eine Sekunde länger, bis auch sie Lenina gepackt hatte. „Hey! Was soll das?!", rief Lenina erbost aus.

Honor und Luise hielten sie fest und schleiften sie in den Keller. Paulina begleitete sie nach unten. „Was habt Ihr hier unten mit mir vor?", fragte Lenina nun etwas nüchterner und mit Angst in der Stimme.

„Kalter Entzug", antwortete Honor kurz und knapp.

„Wird das wie in diesem Film mit Jane Levy? Das vergesst mal. Hat meine Mutter es euch nicht gesagt? Ihr könnt mich hier nicht festhalten; ich habe im Grunde sowas wie Superkräfte."

„Du dumme Nuss. Merkst du nicht, dass wir zwei auch Vampire sind?", fragte Honor.

Fragend schaute Lenina erst Honor und dann Luise an. Luise nickte. „Oh. Mist", sagte Lenina daraufhin nur.

„Also. Wir machen es uns im Keller jetzt gemütlich und jede Nacht bringt uns deine Mutter was Leckeres, Sauberes zu trinken. Das machen wir so lange bis ich mir sicher bin, dass du nicht mehr hinter dem Blut von Junkies her bist", verkündete Honor.

„Ich bin nicht süchtig, ich kann jederzeit aufhören", meinte Lenina.

„Gut. Jederzeit ist nämlich jetzt", antwortete Honor.

„Ich will aber nicht! Was ist mit meinen Rechten?! Habe ich als Vampirin keine Menschenrechte?! Warum darf ich nicht ich selbst sein?!"

„Weil dein drogensüchtiges Selbst nicht gut für dich und deine Mutter ist", entgegnete Honor.

„Ihr haltet mich hier gegen meinen Willen gefangen! Das dürft Ihr nicht! Das ist eine schwere Straftat!", klagte Lenina.

„Dein Handy haben wir dir ja nicht weggenommen. Du kannst gerne die Polizei rufen und dich beschweren", schlug Honor vor, woraufhin Luise sich ein Lachen verkneifen musste.

„Ja, das tue ich auch", knurrte Lenina und holte ihr Telefon aus der Jackentasche.

„Viel Spaß. Erzähl Ihnen ruhig, dass du von drei Vampiren auf Zwangsentzug gesetzt wirst, weil du jede Nacht einen Drogensüchtigen ausgesaugt und die Leiche entsorgt hast."

Als Honor das sagte, fiel Lenina ein, dass ein Anruf bei den Behörden wohl doch keine so gute Idee war. Sie steckte ihr Telefon wieder weg und verschränkte trotzig die Arme vor der Brust. „Also dann, jetzt wird im Internet Fern gesehen", beschloss Honor.

„Schauen wir zuerst 'Das Leben stinkt' und dann 'Spaceballs'?", fragte Luise.

„Ja, in Ordnung", stimmte Honor zu.

Die eingeschnappte Lenina sagte gar nichts. Zumindest lachte sie beim zweiten Film einmal kurz, als Mel Brooks die Spaceballs-Produkte anpries und verkündete: „Spaceballs der Flammenwerfer. Die Kinder stehen drauf."

„Lustig und tausendmal besser als die neuesten Star-Wars-Filme mit Miss Perfect Daisy-Rey", murmelte Honor. „Captain Marvel finde ich in den Filmen sogar noch schlimmer."

„Ja. Noch so eine die alles kann."

„Du kannst doch eigentlich auch alles, Honor."

„Schon, aber ich bin keine von diesen woken Weltbürgerinnen. Mich mögen die Leute", sagte Honor ein wenig selbstverliebt.

„Zumindest die Leute, denen du nicht die Kehle herausgebissen oder das Herz herausgerissen hast. Aber ist ja auch egal was die Leute denken; ich mag dich. Und unter gewissen Umständen mag ich sogar das Fräulein Marvel. Denn komischerweise haben sie es in dem Spiel 'Marvel Midnight Suns' geschafft sie richtig gut hinzukriegen. Wenn es in dem Spiel ging, warum dann nicht in dem Film? Bei Morbius war es dasselbe; ein Schrottfilm, aber im Spiel kam der Typ irgendwie echt gut rüber", bemerkte Luise.

„Wann hast du denn Marvel gezockt?"

„Habe ich gar nicht, aber als du in Griechenland warst, habe ich im Netz einen richtig guten Filmzusammenschnitt aus dem Spiel gesehen. Ging über mehrere Stunden und war tausendmal besser als alles was Marvel nach Endgame abgeliefert hat; abgesehen von 'Spider-Man: No Way Home'; der Film war in Ordnung, aber da dürfte auch Sony seine Finger mit im Spiel gehabt haben", bemerkte Luise.

„Habt Ihr 'No Way Home' im Kino gesehen?", fragte Lenina.

„Nein, auf DVD. Hat mir ein Arbeitskollege geschenkt", antwortete Luise.

„Und habt Ihr während dieses Films auch andauernd geredet? Könnt Ihr schnatternden Gänse während eines Films nicht einfach mal die Klappe halten?", fragte Lenina genervt.

„Sie hat ja recht. Entschuldige, ich spule bei 'Spaceballs' ein Stück zurück", meinte Luise versönlich.

Honor hingegen stand auf und sagte zu Lenina: „Das hättest du auch höflicher formulieren können. Hat deine Mutter dir keine Manieren beigebracht?"

„Nein, sie war selbst erst 16 als sie mich bekommen hat."

„Das ist keine Entschuldigung. Die 'Gänse' nimmst du zurück", forderte Honor.

„Okay, ich nehme es zurück."

Honor nickte zufrieden. Dann fügte Lenina hinzu: „Du dumme Fotze."

Sieht so aus, als müsste ich mir hier etwas Respekt verschaffen, dachte Honor und ging langsam auf Lenina zu.

Zehn Sekunden später hörte Paulina Leninas Schreie aus dem Keller. Rasch rannte sie hinunter um nachzuschauen. Als sie unten ankam lag Lenina mit zwei gebrochenen Beinen auf dem Boden und hielt sich den blutenden Mund.

„Was ist passiert?!", rief Paulina entsetzt aus.

„Geh wieder nach oben! Wir kriegen das hier unten schon hin", sagte Honor, an deren Hand etwas Blut klebte und deren rechte Faust etwas hielt.

„Sie hat mir die Zunge rausgerissen", nuschelte Lenina schwer verständlich.

„Heul nicht rum, die wächst doch wieder nach", entgegnete Honor.

„Du liebe Güte!", rief Paulina und wollte zu ihrer Tochter.

„Nein!", hielt Honor sie zurück.

„Aber ich will zu meinem Kind!", klagte Paulina.

„Jetzt nicht. Sie muss erst ihre Lektionen lernen. Dazu gehört auch, dass sie sich als junge Vampirin besser nicht mit erfahrenen Blutsaugern wie mir anlegt. Sie muss lernen, Gefahrensituationen einzuschätzen und die Stärke anderer zu erkennen."

„Ich dachte, wir organisieren für sie bloß einen Entzug."

„Das eine schließt das andere nicht aus. Zugegeben, ich hätte dich vorwarnen sollen; dass es auch mal übel und blutig werden kann. Aber eigentlich bist du ja auch eine Vampirin und solltest daher wenig überrascht sein", meinte Honor.

Paulina und auch Luise schauten besorgt zu Lenina. Diese erhob sich inzwischen wieder; die Beine waren nicht mehr gebrochen und die Zunge war nachgewachsen. „Das war voll gemein", klagte Lenina.

„Das war dringend nötig. Dir fehlt eine strenge väterliche Hand", entgegnete Honor kalt.

„Wollen wir den Film weiter schauen? Ich habe zurückgespult", versuchte Luise das offenbar heikle Thema zu wechseln.

Lenina setzte sich eingeschnappt in eine Ecke und drehte Honor und Luise demonstrativ den Rücken zu. „Das alles ist nur zu deinem Besten", sagte Honor in Leninas Richtung.

„Kann ich irgendwas tun?", fragte Paulina.

„Klar, du kannst etwas zu trinken organisieren", antwortete Honor.

Paulina nickte. Sie war froh etwas zu tun zu haben, was sie von ihren Sorgen ablenkte. Also machte sie sich auf den Weg.

*

Eine Stunde später kam sie mit einem großen, schwarzen Müllsack zurück. Sie warf ihn im Keller auf den Boden. „Ein Räuber. Hat versucht mich zu überfallen. Habe ihm das Genick gebrochen und ihn untersucht. Keine Drogen", erstattete sie Honor Bericht.

„Sehr gut", freute sich Honor und versenkte ihre Reißzähne im Hals des Toten.

„Noch warm", murmelte sie zufrieden, während sie trank. Dabei verschluckte sie sich fast, als sie zudem noch aus dem Augenwinkel bemerkte, wie Lenina versuchte die Kellertreppe hoch zu schleichen. Blitzschnell sprang sie auf, stürmte zu der jungen Vampirin hin, packte sie und prügelte sie zurück in den Keller. „Bitte! Ich will nur noch einen Junkie zum trinken haben!", klagte Lenina.

„Nein! Du trinkst was deine Mutter auf den Tisch gebracht hat. Sie hat hart gearbeitet, damit du was zum Trinken hast. In anderen Ländern müssen Vampire meilenweit reisen um Nahrung zu bekommen. Sei gefälligst froh und dankbar, dass du hier immer satt wirst", befahl Honor. Dann packte sie Lenina am Hinterkopf und drückte sie in Richtung der auf dem Kellerboden liegenden Leiche. Widerwillig versenkte Lenina ihre Reißzähne im Hals des Toten. Nach einem Schluck ließ sie von ihm ab und meckerte: „Der ist ja nur noch lauwarm."

„Verwöhnte Göre", knurrte Honor und trat Lenina in den Hintern.

„Aua", klagte Lenina.

„Trink gefälligst weiter. Hier wird gegessen was auf den Tisch kommt."

Frustriert trank Lenina noch etwas mehr als einen Liter Blut. Dann waren Luise und Paulina dran. *Ich hasse zwar den Spruch, den Honor eben gebracht hat, aber sie meint es nur gut. Meine Mutter brachte den auch immer, wenn ich als Kind den Spinat nicht aufessen wollte; und auch sie meinte es nur gut. Schon wegen des Eisens im Spinat. Aber na ja, meine heutige Ernährung ist schließlich auch eisenhaltig,* dachte Luise während der Mahlzeit.

Als sie fertig waren, verkündete Paulina: „Ich entsorge mal eben die Leiche. In der Nähe ist eine Baustelle; wenn ich sie dort richtig platziere, sparen die morgen einen Sack Zement."

Honor nickte. Froh etwas zu tun zu haben, beseitigte Paulina die Leiche. Während sie weg war, schaute Honor mit Luise und Paulina weiter auf dem Laptop Filme. So bemerkten die drei auch nicht, dass jemand oben das Haus betrat. Erst als die Tür zum Keller sich öffnete, schreckten alle drei auf. „Hallo?", fragte eine weibliche Stimme nach unten.

„Selina?!", rief Lenina aus, woraufhin eine junge Frau mit schwarzen Haaren und künstlichen grünen Stränchen die Treppe herunter rannte.

„Ach verdammt", war alles was Honor in diesem Augenblick dazu einfiel.

„Hat Paulina die Haustür nicht abgeschlossen?", fragte Luise mehr an sich selbst als an die nun herunterkommende Selina gewandt.

Selina antwortete: „Nein. Die Gegend hier ist relativ sicher und da vergessen das viele Leute. Was macht Ihr hier unten? Einen Filmabend? Warum hast du mich nicht eingeladen, Lenina?"

Offenbar hielt sie Honor und Luise für Freundinnen von Lenina, was nicht weiter verwunderlich war, da sie in etwa genauso alt aussahen. „Das ist kein Filmabend, sondern ein Entzug. Ein Entzug für mich."

„Ach, dann willst du endlich von dem Junkieblut runterkommen? Wie schön."

„Von 'wollen' kann keine Rede sein", antwortete Lenina.

„Sie weiß also über alles bescheid?", fragte Luise.

„Ja, sie ist meine beste Freundin. Keine Angst, sie verrät nichts über uns Vampire."

„Eben. Mein Bruder und ich entstammen einer Magierfamilie. Da wären wir ja schön blöd, wenn wir die Geheimnisse der Vampire ausplaudern. Wenn die Vampire weltweit auffliegen, wer weiß ob wir dann nicht als Nächstes dran wären?", meinte Selina.

„Da ist was dran. Was kannst du denn so zaubern?", fragte Luise neugierig.

„Warte, ich zeig es dir", sagte Selina, holte einen Zauberstab heraus und begann zu reimen: „Der Laptop verwandle sich in zwei Katzen mit jeweils vier süßen Tatzen."

Daraufhin begann die Spitze des Zauberstabs kurz zu leuchten, der Laptop leuchtete ebenfalls und eine Sekunde später saßen an Stelle des Laptops zwei Katzen. „Miau", sagte eine der Katzen und die andere putzte sich.

„Wie süß", stellten Luise und Lenina gleichzeitig fest.

„Nett, aber jetzt haben wir keinen Laptop mehr, um Filme zu schauen. Kannst du die Katzen auch zurück verwandeln?", fragte Honor.

„Äh... leider nein", gab Selina zu.

„Tja, dann wird Paulina wohl einen Laptop, Katzenfutter, Katzenstreu und ein Katzenklo einkaufen müssen", stellte Honor fest, während sich Luise und Lenina jeweils eine Katze nahmen und die niedlichen Tiere streichelten.

„Entschuldigung. Das hätte ich besser durchdenken sollen. Aber auf alle Fälle gut das endlich etwas wegen Leninas

Problem unternommen wird. Auf mich und ihre Mutter hört sie ja leider nicht."

„Hättest du ihr nicht mit Magie helfen können?", fragte Honor.

„Magie ist keine leichte Sache. Ich beherrsche viele Zauber schlicht und einfach nicht; bin ehrlich gesagt keine sonderlich gute Magierin. Aber mein Bruder ist da noch schlechter."

„Na mach dir nichts draus. Auf jeden Fall gut das du hier bist. Du kannst ein wenig für deine beste Freundin da sein", meinte Honor und klopfte Selina auf die Schulter.

„In Ordnung", sagte diese und gesellte sich zu Lenina.

*

Die nächsten Tage verliefen etwas ruhiger. Paulina organisierte einen neuen Laptop, Sachen für die Katzen und Selina verbrachte viel Zeit mit Lenina. Diese kam nach und nach vom Junkieblut runter und gewöhnte sich wieder daran normales Blut zu trinken. Durch die Anwesenheit der Katzen gab es für Lenina praktisch auch eine Art Katzentherapie; Selinas Beistand tat ihr aber ebenfalls sehr gut. Honor musste sie kein einziges Mal mehr verprügeln und es ging ihr zusehens besser. So verging eine ganze Woche, in der Luise lediglich zweimal von ihrer Mutter angerufen wurde, weil diese wissen musste wo sie im Krankenhaus einige Dinge lagern musste. Die überarbeiteten Kollegen dort in Berlin beachteten die falsche Krankenschwester kaum; meistens schauten sie ohnehin auf den Boden. Lediglich die eine

Aushilfe, die sich an den Oberarzt heranschmiss, war einigermaßen gut drauf. Luise überraschte das nicht wirklich und sie bedankte sich bei ihrer Mutter für die Unterstützung.

Nach etwa zehn Tagen gingen Honor, Luise, Paulina und Lenina erstmals in der Nacht zusammen auf die Jagd. Selina entschied sich dafür im Haus zu bleiben und auf die Vier zu warten. Sie wollte nicht unbedingt bei deren Abendessen zuschauen. Die vier Vampirfrauen schnappten sich ein paar Gruppenvergewaltiger und tranken diese leer. Heutzutage war es ja nicht mehr sonderlich schwierig in Deutschland Gruppenvergewaltiger zu finden; vor 50 Jahren hätten sie dafür ewig suchen müssen.

Als sie mit ihrem nahhaften Abendbrot fertig waren, kehrten die vier Frauen zurück zu Paulinas Haus. Dort saß Selina am Wohnzimmertisch und heulte. Vor ihr auf dem Tisch lag ihr Handy. „Selina! Was ist passiert?", fragte Lenina besorgt.

„Mein Bruder und sein Kumpel wurden entführt. Von so einer Gang aus unserer Schule. Sie wollen, dass ich für sie zaubere. Irgendwie haben sie herausgefunden, dass ich eine Zauberin bin. Sie wollen, dass ich sie in eine Essener Bank hineinzaubere; ansonsten töten sie meinen Bruder", klagte Selina unter Tränen.

„Sie wissen also, dass du zaubern kannst. Wissen sie auch über Vampire bescheid?", fragte Honor.

„Nicht das ich wüsste", antwortete Selina.

„Gut. Wo triffst du dich mit ihnen?", lautete Honors nächste Frage.

Selina nannte die Adresse. „Eine derzeit ungenutzte Hafengegend", fiel Paulina auf.

„Na schön. Du gehst dort scheinbar alleine hin und wir

folgen dir heimlich. Keine Sorge, Selina. Wir kümmern uns schon um alles", meinte Honor.

„Ja, wir sind für dich da. Du bist ja auch für mich da", entgegnete Lenina und nahm ihre beste Freundin in den Arm.

„Gehen wir los. Zeit ein paar Gedärme rauszureißen", verkündete Honor.

*

Etwa zwei Stunden später traf Selina scheinbar alleine am Hafen ein. Honor, Luise, Paulina und Lenina verbargen sich im Schatten und sondierten die Umgebung. Auf dem Dach eines Gebäudes bemerkte Luise einen Posten. Rasch begab sie sich hinauf und schaltete den Wächter aus. Es handelte sich um keinen regulären Wachposten der Gegend, sondern um ein Mitglied der Gang. Das erkannte Luise an der zivilen Kleidung sowie an dem Springmesser, welches der Bewusstlose bei sich trug. Luise brach ihm das Genick und huschte weiter auf das nächstgelegene Dach. Gleichzeitig nährte sich Selina der Gang, die zu sechst mitten auf dem Gelände stand. Zwischen der Bande hockten Selinas Bruder und dessen Kumpel. Zwei der Gangster hatten Messer in der Hand und richteten diese auf die Hälse ihrer Geiseln. „Da bist du ja endlich, du Ungläubige! Los, du scheiß deutsche Kartoffel! Du weißt was wir von dir wollen! Zaubere uns in die Bank, sodass wir an die Kohle da herankommen!", befahl der Anführer der Bande.

Wenn ich das jetzt mache, würde ich meinen Bruder und

seinen Kumpel mit in die Bank zaubern; sie sind alle viel zu nahe bei einander, dachte Selina und fügte nach einer kurzen Denkpause hinzu: *Ich hoffe, die Vampire unternehmen sofort etwas.*

„Worauf wartest du?!", schrie der Bandenboss aggressiv.

„Auf uns", sagte plötzlich eine Stimme hinter ihm.

Es war die von Honor. Sie riss den Boss von Selinas Bruder weg, während sich Luise, Paulina und Lenina die anderen vornahmen. Plötzlich zog einer der Ganoven eine Knalle und ballerte um sich. Er traf den Freund von Selinas Bruder mitten in den Kopf und erwischte auch einen der eigenen Genossen. Honor riss dem Bandenboss schnell die Hand ab in der dieser sein Messer hielt und rammte Messer samt Hand in den Körper des panischen Schützen. Gleichzeitig metzelten die anderen Vampire den Rest der Bande nieder. Selina und ihr Bruder rannten zu dem toten Freund. „Nein! Nein!", schrie der Bruder.

Sie konnten nichts mehr für den gefallenen Kameraden tun. Der Bandenboss ging währenddessen wie ein Irrer mit der anderen Hand auf Honor los. Die blonde Vampirin riss ihm diese auch noch ab. Schreiend drehte er sich nun um und wollte wegrennen, doch Honor trat ihm so heftig gegen das linke Bein, dass es brach und er zu Boden ging.

„Du Hure! Dafür töte ich dich!", schrie er am Boden liegend.

„Na los. Steh doch auf und probier es. Was ist? Komm doch und zeig's mir", forderte Honor.

„Ich werde dich schlachten!"

„Und wie willst du das ohne Hände anstellen?", fragte Honor böse lächelnd.

„Meine 50 Brüder werden kommen und dich holen!"

Honor ging neben ihm auf die Knie. Sie biss ihm in den

Hals. Dann trank sie einen Schluck und fragte anschließend: „Schmecken die auch so gut wie du? Wenn ja, sollte ich sie mal besuchen."

„Du weißt doch gar nicht wo die wohnen", meinte der Bandenboss, während er immer mehr Blut verlor.

„Kein Problem. Als braver Bürger hast du bestimmt dein Handy und deinen Personalausweis dabei. Darüber finde ich schon deine Adresse heraus."

„Die werden dich platt machen", sagte er mit schon schwächer werdender Stimme.

„Nein, die werden dir in der Hölle Gesellschaft leisten", entgegnete Honor und bevor er noch ein weiteres Wort sagen konnte, riss sie ihm den Bauch auf, holte die Gedärme heraus und entfernte im Anschluss seinen Kopf vom Hals.

Den Kopf warf sie ins Wasser, während Paulina und Lenina Selina und ihrem Bruder die Hände auf die Schultern legten und sagten, dass sie hier langsam verschwinden müssten. Die Leiche vom Kumpel des Bruders nahmen sie natürlich mit.

*

Auf dem Rückweg erwähnte Selinas Bruder kurz, dass die Eltern seines besten Freundes aus derselben Gegend stammten wie ihr Vater und das man für den Toten ein bestimmtes Beerdigungsritual abhalten müsste, welches in Deutschland jedoch illegal war. Er beschrieb ihnen das Ritual in Bruchstücken, da es ihm selbst eher unbekannt war. Trotzdem beschlossen die Vampirfrauen zu tun was in ihrer Macht stand. Selina zauberte Honor und Luise noch in derselben Nacht in einen Zoo, wo sie ein paar Geier mitgehen ließen. Währenddessen bauten Lenina, der Bruder und Paulina einen großen Steinhaufen und legten die Leiche oben drauf. Es dauerte eine Weile, aber schlussendlich kümmerten sich die Geier wie vorgesehen um den Toten. Traurig sagte Selinas Bruder während dieses Rituals: „Er ist jetzt an einem besseren Ort."

„Ist vielleicht etwas unpassend, aber was wird aus den Vögeln?", fragte Selina ihren Bruder.

„Wie meinst du das?", antwortete dieser mit einer Gegenfrage.

„Na ja, unsere Freundinnen konnten sie problemlos aus den Gehegen im Zoo klauen, aber sie hier draußen wieder einzufangen könnte schwierig werden."

„Kannst du nicht etwas diesbezüglich zaubern?"

„Wahrscheinlich nicht ohne die armen Tiere zu verletzen", meinte Selina.

„Kein Problem. Die Geier sind gechipt. Man wird sie also bald wieder einfangen und so müssen sie sich hier draußen nicht durch den kalten Winter durchkämpfen", bemerkte Luise.

„Wenn sie gechipt sind, sollten wir hier nicht mehr allzu lange verweilen", entgegnete Honor.

„Richtig", stimmte Luise zu.

Also blieben sie lediglich noch ein paar Minuten und machten sich dann auf den Weg zurück zu Paulinas Haus. Um sicherzugehen das mit Lenina nun alles wieder in Ordnung war, blieben Honor und Luise noch ein paar Tage. Aber Lenina ging es gut in der Gesellschaft ihrer Mutter und ihrer besten Freundin. Also war jede weitere Sorge unbegründet; sie war von dem Junkieblut losgekommen. Luise rief infolgedessen ihre Mutter an und diese freute sich zu hören, dass sie bald mit ihrer geheimen Vertretung im Krankenhaus aufhören konnte.

Einen Tag später machten sich Honor und Luise auf den Rückweg nach Berlin. Nach einem herzlichen Abschied von Paulina, Lenina, Selina und deren Bruder begaben sich die beiden Vampirinnen in den Bahnhof und Honor bemerkte, dass ein Steckbrief von ihr aushang. „Zeugin gesucht", stand über einem unscharfen Foto von ihr. Unauffällig änderte sie ihre Frisur zu einem Pferdeschwanz um und ging gemeinsam mit Luise lieber jedem Sicherheitspersonal aus dem Weg.

Trotz des Fotos kamen sie unbemerkt aus Essen heraus und trafen am Abend wieder in Berlin ein. „Zuhause ist es doch am allerschönsten", verkündete Honor, als sie in tiefster Dunkelheit wieder ihre geliebte Wohnung betraten.

„Und was machen wir jetzt?", fragte Luise.

„Nun, wir haben einem unerfahrenen Mädchen geholfen etwas besser im Leben klar zu kommen und wir haben ein paar Dreckssäcke umgelegt. Ich finde, jetzt haben wir uns etwas Entspannung verdient. Was hälst du davon, wenn wir uns im Netz 'Scream' eins bis vier ansehen?"

„In Ordnung. Ich hole uns passend dazu ein paar Blutkonserven aus dem Kühls.", stimmte Luise ihrer besten Freundin zu.

Das Blut wurde mal mit Bier und mal mit guter, klassischer, deutscher Fanta vermischt. Und so wurde beim Horrorfilmschauen kräftig gesoffen, bis Luises Mutter die beiden Frauen am nächsten Morgen wecken musste, damit Luise nicht zu spät zur Arbeit kam.

Ende

Ein Abend mit Harald Martenstein
(Diesmal eine wahre Geschichte)

Vor einigen Jahren besuchte ich die Gedenkbibliothek zu Ehren der Opfer des Kommunismus, da dort der im Titel dieser Kurzgeschichte Genannte sein damals neues Buch vorstellte. Der Harald Martenstein kam pünktlich wie die Maurer, aber einige Zuschauer fehlten noch. Also sah er sich noch einmal fünf Minuten in der Bibliothek um, die ihm offenbar sehr gefiel. Fünf Minuten später waren tatsächlich noch ein paar Leute gekommen und fast jeder Stuhl war besetzt. Wir waren ungefähr 25 Leute und der Herr Martenstein kam ebenfalls zurück. Anschließend stellte ein Mann von der Bibliothek den Autor kurz vor und Herr Martenstein las aus seinem Buch "Schwarzes Gold aus Warnemünde" vor. Dieses Werk, welches er mit dem Co-Autor Tom Peuckert verfasste, ist quasi ein Alternativweltroman. Dort wird aufgezeigt, was passiert wäre, wenn die DDR 1989 ein gigantisches Ölvorkommen gefunden hätte. Sie wäre schlagartig das reichste Land der Welt geworden und hätte viele Probleme gelöst, wegen denen sie zusammengebrochen war. Allerdings wäre sie trotzdem ein totalitärer Staat geblieben. Einige Zuschauer bemerkten die überraschenden Anspielungen zur Gegenwart. Zum Beispiel das ein gewisser Guttenberg, der seinen Adelstitel im Roman ablegte, die Überwachungsstaatsmittel der DDR als Exportware auf etliche andere Staaten der Erde quasi überträgt. Natürlich macht der echte Guttenberg das in unserer Welt nicht; bei uns verkauft China seine Überwachungstechnik in aller Herren Länder. Auch die Asylkrise wird auf's Korn genommen; zum Beispiel indem westliche Armutsmigranten um jeden Preis in die DDR wollen, diese aber nun die Mauern benutzt, um ebensolche abzuwehren. Sie lassen nur begrenzt Einwanderer ins Land und auch nur solche, die sie gebrauchen können und die hochqualifiziert sind. Manch einer mag sich auch noch daran erinnern, wie in unserer realen Welt kritische Verlage auf der Leipziger Buchmesse mies behandelt wurden; auch das schlägt sich in dem Buch nieder, in dem Gregor Gysi Kulturminister der DDR ist. "Könnte in der Realität auch noch passieren", meinte einer der Zuschauer, als Herr Martenstein das mit dem Gysi kurz erwähnte.

Der Schriftsteller und Tagesspiegel-Autor würzte seine Lesung aus dem Buch auch mit Anekdoten aus seinem Leben. Zum Beispiel wieso er damals in die DKP eintrat. Er war eben mit dem Strom geschwommen, weil damals wohl fast alle die er kannte links waren. Und bei der DKP gab es damals offenbar sehr viele schöne Frauen und auch einige alte Leute, die tatsächlich gegen Hitler gekämpft hatten. Das motivierte ihn und so trat er ein. Aber nur für drei Jahre, obwohl er nie offiziell ausgetreten war. Er ist dann einfach nicht mehr hingegangen und hat die Beiträge nicht mehr bezahlt und das war's dann. Den Grund dafür berichtete er auch: Es trug sich zu, dass als Parteichefs immer dieselben Leute gewählt wurden. Das verstanden viele offenbar unter "demokratischem Sozialismus". Irgendwann reichte das jedoch ein paar Leuten und es wurden Gegenkandidaten aufgestellt. Die bekamen so 20 Prozent der Stimmen. Inhaltlich stimmten die Gegenkandidaten praktisch zu 100 Prozent mit den Kandidaten überein, aber es gab trotzdem ein Riesentheater und die Gegenkandidaten sowie jeder der öffentlich für sie gestimmt hatte, wurde fortan in der Partei geschnitten und als Verräter betrachtet. Herr Martenstein war einer von denen, die den Mut hatten trotz des Drucks für die Gegenkandidaten zu stimmen und dann fragte er sich eben, wenn er sich schon so unter Druck gesetzt fühlte, wie erging das dann wohl den Menschen in der DDR?

Nach der Vorlesung war es Zeit für einige Fragen aus dem Publikum. Einer berichtete davon, dass sein Sohn in einem Krankenhaus arbeitet, in dem die politische Korrektheit und der Genderwahn immer schlimmer werden. Dort müssen die männlichen Mitarbeiter jetzt Memmory spielen. Aber offenkundig nicht das mit den schönen Gebäuden aus berühmten Städten; nein, sie spielen Memmory mit Vaginakarten! Kein Witz! Das hat der Mann uns allen wirklich berichtet und die Leute im Krankenhaus müssen das spielen! Angeblich soll es ihnen die Abscheu vor Vaginas nehmen und irgendeinem dummen, feministischen Grund dienen. Leider war ich nicht im Geringsten überrascht. Mich erinnerte das daran, wir uns eine linke Frau ihren Hintern und ihr Geschlechtsteil auf einer "Merkel muss weg"-Demo zeigte. Offenbar glauben linke Frauen, es wäre eine Strafe für Männer, wenn sie uns sowas zeigen. Sie könnten uns genauso gut mit Geldscheinbündeln bewerfen. Aber da besteht natürlich ein Unterschied zwischen diesen Vorfällen. Wenn Männer tagtäglich gezwungen werden solches Memmory zu spielen, wird dadurch das Mystische zwischen Mann und Frau zerstört; im Grunde handelt es sich um zwangsweise verordnete Pornographie und was zu viel Pornokonsum anrichtet wurde bereits in zahlreichen Studien und gewiss auch in Artikeln in patriotischen

Zeitschriften behandelt. Die Sexualisierung der Gesellschaft durch nicht realen Sex führt dann dazu, dass die Leute weniger Sex haben, schwerer erregt sind und weniger Fortpflanzung betreiben, womit wir, um es mit Goethe zu sagen, des Pudels Kern erreicht haben. Auch andere Fragen drehten sich um die politische Korrektheit; zum Beispiel darum, wie die Linken sich immer neue Begriffe für Schwarze ausdenken. Das ging in den USA dann soweit, dass einige Schwarze die Schnauze voll hatten und mit T-Shirts herumliefen, auf denen "I am a Neger" stand. Die haben es auch satt von den Linken alle paar Monate eine neue Bezeichnung übergestülpt zu bekommen, während die alte Bezeichnung dann als "rassistisch" abgestempelt wird. Das dient natürlich auch der Sprachkontrolle, der man sich meines Erachtens mit einem simplen Spruch entzieht: "Ich rede, wie ich will!". Manchmal setze ich in so einem Fall ein "und lasse mir von dir nicht den Mund verbieten!" hinterher und ein paar nette Schimpfworte vorneweg.

Ich dachte während der Fragerunde auch darüber nach, ob ich ein Buch kaufen sollte oder nicht? Der Preis war nicht das Problem. 9,99 Euro sind ja nicht die Welt und auch der Inhalt interessierte mich. Aber leider waren nur zehn Exemplare zum Verkauf dort. Allerdings kennt die Bibliothek offenbar ihr Publikum, denn tatsächlich wurden an diesem Abend neun Bücher verkauft. Aber das konnte ich vorher nicht wissen. Ich war jedenfalls zu dem Schluss gekommen, den anderen Leuten den Vortritt zu lassen. Man muss auch mal nett sein und etwas Gutes für seine Mitmenschen tun. Als also die Fragerunde vorbei war und Leute sich anstellten, blieb ich erstmal sitzen und wartete ab. Als ich genug gewartet hatte, standen sieben Leute dort und ich gesellte mich dazu. Überraschenderweise kam dann noch ein Neunter hinter mich und später noch eine nette, hübsche Dame, die uns, die wir noch anstanden, belegte Brötchen reichte. Leider kam ich später nicht mehr dazu sie noch auf einen Kaffee oder so einzuladen, aber ich schweife ab. In der kleinen aber feinen Bücherkäuferschlange bildete sich eine Diskussionsrunde mit Herrn Martenstein, die durchaus interessant war. Es ging um die Berlinwahlen und darum was dort alles schiefgelaufen war. Zum Beispiel wurden Wahlergebnisse nicht ausgezählt, sondern einfach geschätzt. Eigentlich müsste die Berlinwahl widerholt werden. Ich meine, stellen Sie sich mal vor, ich wäre Wahlhelfer und würde sagen: "Wir schätzen jetzt einfach das Ergebnis: 90 Prozent für die SPWM" (SPWM=Schwocherts Partei zur Wiederherstellung der Monarchie). Dann wäre aber was los, aber die Typen die das gemacht haben, durften das offenbar. Das Berlin quasi eine Bananenrepublik ist, in der Wahlergebnisse geschätzt werden, Stimmzettel verschwinden und Leute wegen einem Marathon nicht zum Wahllokal kommen, ist mehr als bedenklich. Für jemanden, der wie ich lange in Berlin gelebt hat und hin und wieder besondere Ereignisse wie die Martensteinlesung in der "Gedenkbibliothek zu Ehren der Opfer des Kommunismus" besucht, ist das alles leider nicht sonderlich überraschend.

Als ich dann beim Buchsignieren an der Reihe war, nutzte ich die Gelegenheit, um den Autor, der ja auch für den Tagesspiegel schreibt, etwas wegen einem Artikel zu fragen, der letzte Woche auf der Webseite des Tagesspiegels erschienen war. Dem Artikel zufolge wurden in einer Berliner Bücherei mehrere Bücher zerstört. Viktor Strecks "Im Schatten der Eule", Joachim Fernaus "Cäsar lässt grüßen", Richard David Prechts "Von der Pflicht" und mein Buch "Antwort auf Richard David Prechts 'Von der Pflicht'". Als ich das damals las, war ich etwas überrascht, zumal ich nicht wusste, dass eines der von mir geschriebenen Werke schon in einer Bücherei war. Herr Martenstein meinte auch "Na immerhin war es in der Bücherei", aber "nein", war es offenbar nicht, wie ich dann später erfuhr. Überhaupt war das Ganze mit dem Tagesspiegel sehr merkwürdig, sagte ich ihm. Ein paar Stunden nachdem der Artikel erschienen war, wurde er "aktualisiert", erklärte ich ihm und meinte, das hätte etwas von rückwirkender Eigenzensur gehabt. Weil das Precht-Buch wurde zwar noch erwähnt, aber die anderen drei nicht mehr. Zudem hätte sich herausgestellt, dass es angeblich gar keine Bücherzerstörung gegeben hätte, was aber keine Erklärung dafür ist, warum drei der vier Bücher nun nicht mehr erwähnt wurden. Ich konnte mir zwar denken woran das lag; nämlich daran, dass die drei Bücher politisch unkorrekt sind, aber ich kam nicht mehr dazu, den Autor darauf hinzuweisen, da sich das Gespräch in eine andere Richtung entwickelte. Es ging nun um Corona und alle Gesprächsteilnehmer hatten gemeinsam, dass jeder Leute kannte, die in den verschiedenen Schattierungen dachten. Da gab es diejenigen, die sagen es gäbe kein Virus, diejenigen die das Virus für harmlos halten, diejenigen die das Virus extrem gefährlich finden und alle dazwischen. Jeder von uns hat jeden aus diesen Schattierungen im Freundeskreis und nun versuchen Sie mal diese Leute an einen Tisch zu bringen. Ist schwierig. Offenkundig spaltet Corona auch die Gesellschaft und Freundeskreise, was wirklich traurig ist, denn Freunde und

Familie sind enorm wichtig im Leben.

Irgendwann waren dann die letzten Brötchen aufgegessen, einige Gäste waren auch schon gegangen und Herr Martenstein verabschiedete sich und ging hinaus auf den Nikolaikirchplatz. Inzwischen war es schon recht dunkel draußen und da Berlin gerade nachts ein gefährliches Pflaster sein kann, machte auch ich mich auf den Weg zu meiner Unterkunft.

Nicht lange nach seiner Buchvorstellung war Martensteins Tätigkeit für den Tagesspiegel vorbei. Und ich hatte mich damals schon gefragt, wieso sich ein Freidenker wie er so lange in dieser Zeitung halten konnte?

Ende

Die Antwort von Sebastian Fitzek:

Ende 2023 schrieb ich eine sehr lange E-Mail an den Autor Sebastian Fitzek. Ich wartete eine Weile auf seine Antwort und als keine eintraf, veröffentlichte ich meine Mail an ihn mit anderen Lesermails in dem Buch „Antwort auf Sebastian Fitzeks 'Die Einladung' und weitere Lesermails". Nun ist vor ein paar Tagen doch noch eine Antwort von Fitzek auf meine Antwort eingetroffen. Sie lautete wie folgt:

Sehr geehrter Herr Müller,

vielen Dank für Ihr schönes Kompliment und Ihr Interesse an meinen
Büchern, ich habe mich sehr darüber gefreut! Es motiviert mich immer
wieder ganz besonders, wenn mir die Leserinnen und Leser - wie Sie -
schreiben. Toll, dass Ihnen mein neues Buch "Die Einladung" gefallen
hat. Danke auch für Ihre ausführlichen Anmerkungen, auf die ich bei der
Vielzahl von Mails, die ich erhalte, leider aus Zeitgründen nicht
eingehen kann, bitte haben Sie hierfür Verständnis.

Ich wünsche Ihnen alles erdenklich Gute und weiterhin viel Freude bei
Ihrer Lektüre. Und bleiben Sie gesund! Ein kurzer, aber umso

herzlicherer Gruß aus meiner aktuellen Schreibphase.

uIhr Sebastian Fitzek

Offenbar dachte er wegen meiner Mailadresse ich würde „Müller" und nicht Schwochert heißen. Macht aber nichts. Meine Antwort lautete:

Sehr geehrter Herr Fitzek,

vielen Dank für Ihre liebenswürdige Antwort.
Ich wünsche Ihnen viel Erfolg beim Schreiben und freue mich schon auf Ihr nächstes Werk.

Mit freundlichen Grüßen
Christian Schwochert

Natürlich hätte ich mir mehr als eine eher nach Standard aussehende Antwort gewünscht, aber immerhin macht sich der Mann (anders als viele Politiker) überhaupt die Mühe seine Mails zu beantworten. Das ist durchaus lobenswert und bei so vielen Mails von etlichen Lesern hat er wahrscheinlich auch keine Zeit jede Mail detailgetreu zu beantworten.

Eine Katze namens Minka

Wir haben eine Katze namens Minka,
die ist ein ziemlicher Stinker.

Damit meine ich allerdings ihre Manieren,
sie ist das Frechste unter unseren Tieren.

Trotzdem haben wir sie sehr lieb,
auch wenn sie uns manchmal gibt einen Hieb.

Sie ist zwar auch oft lieb und nett,
aber auch ziemlich fett.

Die anderen Katzen faucht sie oftmals an,
das finde ich ganz und gar nicht fun.

Die Minka beißt auch gerne mal herum.
Das finde ich ziemlich dumm.

Aber ist sie zu frech, gibt's was auf die Nuss
dann schaut sie blöd, die dumme Tuss.

Aber sie kann auch sehr freundlich sein.
Das finde ich dann richtig fein.

Immerhin ist es besser als vor einiger Zeit.
Da musste sie uns erstmal kennenlernen, ihre Hoheit.

Mein Vater hat sie netterweise aufgenommen.
So sind wir statt auf den Hund auf die Katze gekommen.

Minka war damals ziemlich schüchtern.
Heute sieht sie alles etwas nüchtern.

Inzwischen traut sie sich mehr
und ist geworden etwas schwer.

Das liegt daran, dass sie sich jetzt an alle Futternäpfe wagt
was aber keine der anderen Katzen beklagt.

Noch meckert sie oft mit den anderen Katzen herum
aber vielleicht wird das auch noch besser und weniger
dumm.

Wir haben Minka sehr lieb gewonnen
auch wenn sie manchmal hat herumgesponnen.

Wir haben sie wirklich sehr gerne
und aus dem Fenster schaut sie manchmal in die Ferne.

Alle unsere Katzen sind ganz wundervolle Tiere
und mit Minka sind es von der Anzahl her nun Viere.

Trixie, Trax, Charlie und Minka,
ja wir lieben unsere kleinen Stinker.

Ja, die kleinen Katzen sind so gute Wesen.
Am Katzenwesen soll die Welt genesen.

Vielleicht bin ich da jedoch etwas voreilig, denn hin und
wieder kloppen sie sich.
Das gefällt mir dann ganz und gar nich.

🐾 🐾 🐾 🐾 🐾 🐾 🐾 🐾 🐾 🐾 🐾 🐾 🐾 🐾 🐾 🐾 🐾 🐾 🐾

Aber im Grunde sind es gute, liebe Kätzchen.
Mit niedlichen kleinen Tätzchen.

Und immer wenn ich heim komme, wollen sie gestreichelt werden.
Dann kommen sie angerannt, als wären es Katzenherden.

Darum Dank an Papa das er die kleine Minka aufgenommen hat.
Denn bei uns ist sie immer glücklich, zufrieden und satt.

Das Ende vom Jahr

Das Ende vom Jahr ist bald da.
Hurra!

Ich freue mich darauf, dass bald November ist
und sich das Jahr 2023 aus meinem Leben verpisst.

2023 war die Hölle auf Erden.
Als kämen die apokalyptischen Reiter auf ihren Pferden.

Kriege und Unterdrückung wohin man schaut.
Bei denen sich jeder in die Fresse haut.

Schaut man sich 2023 an, ist man über den November
froh,
denn das ganze Jahr war ein Griff ins Klo.

Zum Glück ist es bald vorbei,
denn es stinkt wie ein faules Ei.

Die illusorisch Hoffnung hält mich am Leben,
2024 möge uns etwas Besseres als 2023 geben.

Aber auch im nächsten Jahr,
das ist leider völlig klar,

werden wir leben in einer Welt der Gewalt und
Unterdrückung,
bei der viele Politiker geraten in Verzückung.

Meinungs- und Pressefreiheit gibt es nur noch in unseren

Träumen,
und wer Frieden oder Völkerversöhnung will, der hängt
bald von den Bäumen.

Zumindest wenn es geht nach den Mächtigen unserer Zeit,
die sich verhalten wie früher jede Politkommissar-Einheit.

Wohin soll man voller Hoffnung schauen?
Es fällt einem sogar schwer Gott zu vertrauen.

Aber uns bleibt wohl nur die Hoffnung darauf,
dass Gott uns hilft aus alldem heraus.

Vielleicht irre ich mich ja und 2024 wird alles besser
werden
und die Menschen hören auf sich zu verhalten wie
Mitläufertiere aus dummen Herden.

Aber wenigstens tun sich Herden von Schafen
nicht mit Bomben bewerfen.

Und Herden von Ziegen
werden wohl keine Biowaffen kreieren.

Aber es gibt auch gute Menschen, die für den Frieden
einstehen,
die werde ich wohl irgendwann im Gefängnis sehen.

Doch eventuell wird 2024 eine Wende zum Besseren
geschehen;
allein ich kann es erst glauben, sollte ich es mit eigenen
Augen sehen.

Immerhin passt das Oktober- und Novemberwetter zu
meiner Stimmung
passend zu einem Staat indem man verfolgt wird wegen
seiner Friedensgesinnung.

Schauen wir mal wie 2024 wird
und hoffen wir das dieser Autor hier sich irrt.

<u>Ende des Buches</u>

Der Nordische Bund führt Beitrittsverhandlungen mit den skandinavischen Ländern, was der Sowjetunion nicht verborgen bleibt. Finnland war es während des Krieges gelungen, unabhängig zu werden – eine Tatsache, die dem sowjetischen Diktator Josef Stalin nicht gefiel. Also beschließt er, das östlichste skandinavische Land zu erobern, bevor es für die Sowjetunion durch den Bundesbeitritt für lange Zeit unerreichbar wird. Stalins Truppen fallen in die Grenzstadt Lappeenranta ein und versuchen von dort aus das ganze Land zu erobern. Offiziell rechtfertigt Stalin die Invasion damit, dass Finnland lange Zeit zum alten Russland gehörte und er es von den Weißgardisten befreien will. Tatsächlich geht es dabei aber ausschließlich um eine Erweiterung des sowjetischen Machtbereichs. Doch Stalin sieht sich im winterlichen Finnland tapferen Verteidigern gegenüber, die ihr heiliges Vaterland nicht dem Sowjetimperialismus überlassen wollen. Unterstützt werden die Finnen von ihren deutschen Verbündeten, die Kaiser Wilhelm III heimlich ins Land einsickern ließ. Die deutschen Truppen stehen unter dem Oberbefehl der bewährten deutschen Generalstäbler von Ludendorff und von Stetten. Unter dem direkten Kommando von Stettens kämpft ein junger Offizier namens Hans von Dankenfels.

FSC
www.fsc.org
MIX
Papier | Fördert
gute Waldnutzung
FSC® C083411

Zeitfracht Medien GmbH
Ferdinand-Jühlke-Straße 7
99095 Erfurt, Deutschland
produktsicherheit@kolibri360.de